땀
흘
리
는

글

땀 흘리는 글

송승훈 양수정 유이분 하명희 엮음

내일도 일터로 나아갈 당신을 위하여

창비교
ChangbiEdu

이 땅의 모든 일하는 이들을 위하여

"여기 직원들은 왜 이렇게 싸늘하지?"

평소에 다니는 여러 지역의 카페 중에서 유독 한 곳만 직원들의 태도가 조금 달라 의아했던 적이 있다. 그곳 카페 직원들은 되도록 얼굴에 감정을 드러내지 않고, 메마른 태도로 손님들을 응대했다. 그럴 때마다 '왜 그럴까?' 하는 의문과 함께 약간의 불쾌감을 마음에 품은 것도 사실이다. 그런데 이 책에 실린 편의점 주인의 글을 읽고서야 그들의 태도가 왜 그러했는지 그 이유를 짐작할 수 있었다. 자신을 함부로 대하는 손님이 많다 보니 그들로부터 마음의 상처를 입지 않기 위해 자연스레 손님들에게 마음의 거리를 둔 것이다. 사람은 누구나 저마다의 사연을 갖고 있다. 어떤 사람의 사는 이야기를 잘 모르면 그의 겉모습만 보지만, 그의 사연을 알게 되면 알기 전과는 다른 시선으로 그를 보게 된다.

사람은 여럿이 모여 사회를 이루어 함께 산다. 사회에서 각자 역할을 나누어 맡아 일을 하고, 그에 대한 대가를 받으며 살아간다. 각자가 하는 일은 마치 생태계처럼 서로 연결되어 있다. 어떤 분야에서 그 일을 하는 사람이 있는 것은 사회에 그 일이 필요하기 때문이다. 여기서 '일하는 행위', 그러니까 '노동'은 먹고살기 위한 기본 조건이다. 하지만 노동은 먹고사는 것에만 한정되지 않고 그 이상의 의미를 지닌다. 사람들은 일을 하면서 보람을 느끼고, 때로 설레고, 때로 분노하며, 어느 순간에는 인생에 대한 통찰을 얻곤 한다. 그 일하는 하루하루가 모여 한 사람 인생의 상당 부분을 이룬다.

『땀 흘리는 글』은 우리 시대의 사람들이 어떻게 일하며 살아가는지에 대한 구체적인 기록이다. 우리는 이 책을 통해 노동의 혹독함과 소외를 고발하기보다는 노동하는 삶의 여러 모습을 보여 주고자 했다. 이를 위해 엮은이들이 여러 날 동안 수천 쪽의 책장을 넘겼다. 글을 뽑는 기준에 좋은 글이라는 것만 있지 않았다. 내용이 좋으면서, 잘 읽히는 글이어야 했다. 이 두 가지 기준을 동시에 통과한 글만 가려 뽑아 이 책을 엮었다. 이 책을 집어 든 이가 아무 쪽이나 펴도 단숨에 책장을 넘길 수 있게, 그래서 지금 삶이 고단하고 피곤한 사람도 재밌게 읽는 책이 되도록 했다.

다양한 직종의 사람들이 쓴 글을 모아서 일곱 가지로 분류했다. '땀의 시작'에는 직업인으로서의 삶을 시작하게 된 계기와 그때의 마음가짐에 대한 이야기를 담았다. '땀의 이유'에는 사람들이 일하면서 어떤 의미와 보람을 느끼는가에 대한 이야기를 실었다. '땀의 슬픔'에는 일하는 현장에서, 우리를 지치고 아프게 하는 것들을 녹여 냈다. '땀의 소외'에는 자신의 일 또는 일을 하는 자신이 타인으로부터 존중받지 못하는 데서 오는 고충과 어려움을 담았다. '땀의 위기'에는 일하는 마음을 위태롭게 만드는 것에 관한 이야기를 담았다. '땀의 방향'에는 노동과 휴식이 어떻게 균형을 이루어야 하는지에 대한 고민을 실었다. '땀의 의미'에는 우리의 삶에서 일이란 무엇인지, 우리는 왜 일하며 살아가는지에 대한 생각을 담았다. 이 글 묶음을 한마디로 표현하면 '생생하다'고 하겠다. 각자의 분야에서 고군분투하는 이들이 자신의 이야기를 쓴 글이기에, 그들의 경험이 마치 우리 눈앞에 있는 것처럼 생생하게 펼쳐진다.

어떤 사람에게 이 책이 필요할까? '땀 흘리는 삶'을 준비하는 사람이라면 이 책이 자신의 미래를 상상하며 진로를 선택하는 데 길잡이가 될 것이다. '땀 흘리는 삶'을 살아가고 있는 사람에게는 자신의 인생을 되돌아보고, 앞으로 살아갈 날들을 내다보는 계기가 되겠다 싶다. 나아가 이 책을 읽는 모두가 자기 일터와 직업의 범위 바깥에서 다른 사람들이 어떻게 사는지 이해함으로써, 이 땅의 모든 일하는 이들에 대한 경외심도 되새길 수 있을 것이다.

'땀 흘려 정직하게 일하는 사람이 소중하다'는 메시지가 이 책을 읽는 사람에게 전해지기를 바란다. 가랑비에 옷 젖듯 독자들 자신도 모르는 사이에 자연스럽게 그렇게 되면 좋겠다. 그 윤리가 세상으로부터 조금 더 동의를 얻을수록 세상 사람들이 그만큼 더 평화로워지지 않을까.

2020년 5월

송승훈, 양수정, 유이분, 하명희

차 례

월요일

땀의 시작

나는 어떻게
작사가가 되었나

○

김이나

나는 작사가가 되겠다는 꿈을 가져 본 적이 없다.

다만 음악 프로덕션에서 일하고 싶다는 희망을 품고 있었다. 공연 기획사에 이력서를 넣어 보고, 작곡가가 되고 싶어서 화성학 책을 보고 남은 월급으로 전자 키보드를 사서 작곡을 해 보기도 했다. (물론 다시 들어 보면 표절이라 번번이 좌절했던 기억이 난다.) 이 모든 일들은 평범한 직장 생활을 유지하면서 아등바등 벌인 것이다.

나는 한 번도 꿈을 위해 무모해진 적은 없다. 대학생이 되기 전부터 아르바이트를 하고, 대학 졸업 직후부터 직장 생활을 하며 경제적인 독립을 최대한 빨리 이뤘다는 게, 내가 생각하는 나의 가장 내

세울 만한 점이다. 지극히 현실적이었기에, 작사가가 되겠다고 모든 걸 때려치우고 '시상'을 떠올리는 데 몰입하는 등의 행동은 해 본 적이 없다.

정말 간절하게 음악 일을 하고 싶다는 사람들에게 묻고 싶다. 불확실한 자신의 재능만 보고 현실을 포기하는 사람이 간절한가, 아니면 현실을 챙겨 가며 서두르지 않고 차근차근 멀리서부터라도 그 일을 향해 살아가는 사람이 간절한가? 나는 '간절하다'는 마음 하나만으로 급하기만 한 사람들을 너무 많이 봤다. 그런 사람들은 쉽게 환경을 탓하고, 잘된 사람들에게서 다른 외부적인 이유만을 보며, 결국에는 쉽게 포기한다. 그럴 만도 하다. 당장 하루하루가 당신을 죄여 올 텐데, 어떻게 마냥 재능이 터지기만을 기다리며 한 우물을 팔 수 있겠나. 금수저를 물고 태어난 핏줄 부자가 아닌 바에야.

이런저런 직장을 옮겨 다니다가 모바일 콘텐츠 회사에 취직했다. 이동 통신사에 콘텐츠를 납품하는, 한때 여기저기서 난립했던 부류의 회사 중 하나였다. 모바일 콘텐츠라 해 봐야 당시만 해도 벨 소리가 다였다. 어느 회사가 더 많은 음반 기획사와 계약하여 벨 소리를 납품하느냐가 관건일 때였다. 나는 벨 소리 차트 페이지에 올릴 추천곡을 고르고, 벨 소리를 더 많이 팔기 위해 이벤트를 기획하는 일 등을 맡았다. 마치 음반 기획사에 입사한 기분이었다. 내가 음악에 관련된 일을 하고 있다니, 믿을 수 없을 만큼 재미있고 흥미로웠다. '음악 일을 하고 싶은데, 고작 벨 소리 차트나 만들고 있다니.' 따위의 생각은 들지 않았다. 내가 생각하는 나의 간절함은 그런 것이었다. 아무리 언저리 일인들, 음악 관련 일이면 밤샘도 마다하지 않고 열심히 일했다. 그 일을 하고 있으면 언젠가는 음악에 닿을 수 있을 것 같았다.

바로 그즈음에 김형석 작곡가를 만나게 되었다. 지금 생각해 보면 당돌하기 짝이 없다. 그 대단한 작곡가에게 대뜸 '작곡을 배우고 싶다'고 말할 용기가 있었다니. "팬이에요." 하고 사인이나 받고 말 법도 한데, 어려서 그랬을까. 낯짝이 굉장히 두꺼웠다. 그때는 그저 그 자리에 앉아 있는 김형석 작곡가가 '희망의 빛 덩어리'로 보였을 뿐, 내가 이상해 보이지 않을까 하는 생각은 들지도 않았다.

"재능이 있어야 가르칠 수 있어요. 작업실에 한번 와 봐요."

백 프로 빈말이었을 것이다. 내가 몇 번이고 "어떻게 하면 선생님께 배울 수 있나요?"라고 묻자 웃기만 하시다가, 빨리 나를 보내려고 그냥 하신 말씀 같다. 하지만 나는 작업실 주소를 적어 갔고, 며칠 지나지 않아 진짜로 찾아갔다.

"피아노 칠 줄 알아요? 한번 쳐 봐요."

뚱땅뚱땅, 뻔한 코드를 쳤던 기억이 난다. 멋 부린답시고 말도 안 되는 멜로디도 넣어 가며.

다소 난감해했던 그의 표정이 기억난다.

"글쎄요……. 기본을 좀 더 배워야 할 것 같은데……."

나중에야 알게 된 김형석 작곡가의 특징은 한마디로 마음이 약해도 너무 약한 분이라는 거다. 나 같은 사람이 수두룩하게 덤비는데, 그런 사람들에게 참 많이도 기회를 주시더라. 거절을 잘 못하는 스타일. 그조차 나에겐 행운이었는지 모른다.

작곡가는 안 되는 모양이구나. 그럼 그렇지. 나는 그래도 감사한 마음에 '김형석 with Friends' 콘서트에서 내가 찍은 사진들을 보러 오시라고 내 홈페이지 주소를 적어 드렸다. 사진을 구경하던 김형석 작곡가는 내가 쓴 일기 게시판을 둘러보고는, 글을 재미있게 쓰는데 작사를 해 보면 어떻겠냐고 말했다. "언제든지 기회만 주세요!"

이토록 작고 사소한 순간들이 이어져 이루어졌다, 작사가로서의 내 시작은.

음악에 대한 동경의 불씨를 꺼뜨리지 않게 해 준 모바일 콘텐츠 회사, 김형석 작곡가의 콘서트 맨 앞줄을 예매한 일, 그 콘서트의 사진을 찍어 블로그에 포스팅한 일, 별것 아닌 하루들을 기록한 일, 작곡가님을 만났을 때 뻔뻔스럽게 들이댄 일. 간절한 소망은 일상 속에서 작은 우연이 되어, 훗날 큰 기회가 왔을 때 폭죽이 되어 터진다.

작사가가 되고 싶은데 도저히 방법이 없다는 하소연을 많이 듣는다. 나에게도 방법은 없었다. 화가, 소설가 등등 창작 방면의 직업에는 '방법'이 명확하게 있는 경우가 거의 없다.

나는 간절함과 현실 인식은 비례해야 한다고 생각한다. 꿈이 간절할수록 오래 버텨야 하는데, 현실에 발붙이지 않은 무모함은 금방 지치게 마련이기 때문이다. 간절하게 한쪽 눈을 뜨고 걷다 보면 언젠가는 기회가 온다. 그 기회를 알아보는 것도, 잡는 것도 평소의 간절함과 노력이 있어야 가능하다. 모든 직업은 현실이다. 그러니 부디 순간 불타고 마는 간절함에 속지 말기를, 그리고 제발, 현실을 버리고 꿈만 꾸는 몽상가가 되지 말기를.

우리는 모두
신인이었으니까

○

장수연

지난주 라디오 고민 상담 코너에서 어떤 신입 교사의 사연을 다뤘다. 작년에 초등학교 교사가 된 청취자였는데 6학년 담임을 맡아 1년 내내 너무너무 힘들었다고 한다. 교사라는 직업에 적응하기도 힘든데 졸업 관련 서류 작업도 많아서 가정 통신문을 빼먹은 적도 있다고, 학부모들의 항의도 받았었고 선배 교사들에게 꾸중도 많이 들었다고, 1년을 그렇게 보내고 나니 교사 일이 적성에 맞는지조차 모르겠고 내년에 맡게 될 아이들과는 또 어떻게 생활해야 할지 막막하다고 토로하는 내용이었다. 코너지기인 '사적인 서점' 정지혜 대표는 에세이 『매일매일 좋은 날』을 '책 처방' 해 주었다.

방송을 마치고 집에 돌아와서 남편과 이 사연에 대해 대화하던 중, 재미있는 이야기를 들었다. 남편의 첫 직장은 은행이었는데, 그가 신입 사원이던 시절 지점에서 근무하다 겪은 일이라고 한다. 어떤 고객으로부터 항의 전화를 받게 되었단다. 어리바리한 신입의 응대가 성에 안 찬 고객은 감정이 격해져서는 이렇게 소리쳤다. "야! 다 필요 없고, 당장 지점장 바꿔!" 이 말을 들은 남편은……, 지점장에게 전화를 돌렸다. "지점장님, 고객님 전화입니다."

　이를테면 어떤 시청자가 MBC 로비에서 "사장 나와!"라고 소리쳤는데 안내 데스크 직원이 사장실에 연락한 셈이다. "사장님, 손님 오셨습니다. 잠시 내려와 보시죠."라고. 전화를 넘겨받은 지점장은 통화를 마치고 분노보다는 황당함에 남편을 불러 물었다고 한다. "야, 너 전화 왜 돌린 거야?" 뭐 이런 또라이가 들어왔나 싶었을 거라고, 남편은 말했다. 이렇게 재미있는 이야기를 10년이 지난 지금에서야 해 주다니, 나는 깔깔 웃으며 그동안 왜 말 안 했냐고 물었다. "쪽팔려서 누구한테 말을 못 하겠더라고. 그때 왜 그랬는지, 나도 진짜 모르겠거든."

　나도 마찬가지이다. 신입 사원 시절의 수치스러운 흑역사로는 어디 가도 안 질 것이다. 그런데 정말, 그때 왜 그랬을까? 나와 남편을 비롯한 이 땅의 수많은 신입 사원들은 줄기차게 '이상한 짓'을 하고, 선배들은 해마다 '올해 신입들은 좀 문제가 있다'거나 '또라이가 한

명 들어왔다'거나 '요즘 애들은 우리 때랑 많이 다른 것 같다'고 말한다. 뇌 과학 서적 마니아인 남편 말로는, 인간의 뇌가 원래 그렇다고 한다. 낯선 환경에서는 지능이 제대로 발휘되지 않는다고. 직장 생활 12년 차 평범한 과장인 내 남편도, 그럭저럭 11년째 피디 일을 하고 있는 나도 신입 사원일 땐 어처구니없는 실수로 주변을 아연하게 만들었다. 그 시절은 그런 시기인 것 같다. 일에서 실수하고, 사람들과의 관계도 힘들고, 내가 이렇게까지 멍청한 인간이었는지 매일 새롭게 깨달으며 과연 내가 조직의 일원으로 기능할 수 있을지 의심하는.

그날 남편과의 대화에서 내린 결론은 이렇다. 우리는 신입들에게 관대해야 한다. 이상한 실수를 하더라도 그게 그의 본모습이 아닐 수 있고, 최대치는 더더욱 아닐 테니까. 낯선 환경에 뚝 떨어진 인간이 보이는 이상 행동이란 충분히 있을 수 있는 자연스러운 것이니까. 그렇지만 사실 쉽진 않다. "올해 신입 중에 미친놈 하나 있다던데?"라고 말하는 게 훨씬 재미있어서, "신입이라서 실수하는 거야."라는 간지러운 말은 입 밖으로 잘 안 나온다.

연예인들의 세계에서도 신인은 쉽지 않다. 방송은 신인에게 참 가혹하다. 기회 자체를 잘 주지 않고, 한두 번의 모습으로 '될 만한지 아닌지' 판단하기 일쑤다. 직장에서 신입 사원이 그렇듯, 신인 연예인들도 '내 판'이 아닌 낯선 방송 환경에서 자신의 매력을 다 보여 주기란 어렵다. 웃기려는 욕심에 이상한 말을 내뱉고, 준비한 개인기는 미처 해 보지도 못한다. 그래서 '신인 초대석'과 같은 코너는 재미있기가 힘들다. 나 역시 신인들은 잘 섭외하지 않는다. 어쩔 수 없다. 청취자들은 누군지도 모를 신인의 썰렁한 농담을 들을 이유가 없으니까. 요즘 청취자들은 생뚱맞게 신인 가수가 출연하면 "이 피디가 청탁이라도 받은 건가?"라고 노골적인 문자를 보내기도 한다.

그러나 '재미있는 방송'이 피디의 책무인 만큼, 신인에게 기회를 주는 것도 꼭 해야 할 일이다. 어찌 보면 '검증된 연예인'으로만 프로그램을 만드는 게 게으른 것일 수도 있다. 검증된 연예인을 섭외하는 것도 쉬운 일은 아니지만, 어떤 의미에서는, 게으른 일일 수 있다.

몇 년 전 저녁 프로그램을 연출할 때 방탄소년단이 게스트로 출연한 적이 있다. 나는 신인을 자주 초대하는 피디는 아닌데(신인을 데리고 재미있게 프로그램을 만들 능력이 아직 부족하다. 정진해야지.) 가끔씩 신인이 나올 일이 있을 때, 그리고 여지없이 방송을 망치고 갈 때, 몇 년 전의 방탄소년단을 생각한다. 그땐 BTS도 신인이었지. 그리고 그 나이 어린 신인 아이돌이 오늘 집에 가면서 얼마나 자책할지 상상하면, 마음이 좀 너그러워지는 듯도 하다. 나도 신입 사원이었어. 그때의 나보다 저들은 더 어리고, 더 뛰어난 걸.

라포를
형성한다는 것

○

남궁인

의과 대학의 커리큘럼 마지막에는 모든 과를 순환하는 병원 실습이 있다. 공부했던 내용을 병원에서 실제로 체험해 보기 위해서다. 나는 맨 처음 소아 청소년과로 실습을 나갔다.

실습 의대생은 가운을 입고 있긴 하지만 크게 할 수 있는 일이 없다. 실은 전혀 없다고 할 수 있다. 주요 업무는 그 과의 의료진이 하는 일을 옆에서 지켜보고 배우는 것이다. 그래서 그날도 우리는 소아과 교수님의 회진을 따라서 병동을 돌고 있었다. 평소처럼 교수님은 소아과 병동에 있는 자신의 환아들을 순서대로 진료하고 나서 아래층에 있는 환아 한 명을 보기 위해 엘리베이터를 탔다. 당연히 우리도 조심조심 교수님을 따랐다.

엘리베이터에는 사람들이 다양한 모양새로 서 있었고, 마침 아이와 함께한 아주머니도 한 분 있었다. 아주머니는 교수님과 안면이 있는 듯, 교수님을 보고 반갑게 인사했다. 교수님도 웃는 얼굴로 인사를 받아 주었다. 느끼기에 교수님이 늘 보던 아이와 보호자는 아니고, 아이를 진료하느라 몇 번 마주친 것 같았다. 의례적인 인사를 짧게 나눈 뒤 조금 어색했던지, 아주머니는 금방 아이 얘기로 화제를 옮겼다.

"선생님, 우리 아이가 요새 골골대는데, 괜찮나 좀 봐 주세요."

내려가는 엘리베이터 안이었다. 잠시 후면 문이 열릴 것이고, 진료하기에는 적절한 공간도 그런 환경도 아니었다. 의사도 준비된 진료실에서 충분한 시간을 들여 환자를 마주해야 정확한 진단을 내릴수 있을 터였다. 그래서 막 실습 나온 우리는 교수님이 그 짧은 시간에 과연 어떻게 이 상황에 대처할지 주시하고 있었다.

그런데 교수님은 전혀 망설임 없이 아이에게 다가갔다.

"어디 보자."

교수님은 네댓 살쯤 되어 보이는 그 아이에게 큰 손을 뻗어 눈을 껌뻑이는 아이의 이마에 댔다. 유난히 기억에 남는 건 이마에 손을 대는 정도가 아니라, 머리 모양이 온전히 느껴지게 오른손으로 아이의 이마를 전부 가리고 왼손으로 뒤통수를 감싸셨던 것이다. 아이의 작은 이마와 머리는 교수님의 양손에 눈망울까지 푹 잠겨 제법 귀여웠다. 가만히 서 있는 조그마한 아이에게 몸을 굽혀 양손을 뻗은 교수님의 모습은 흡사 열이 아니라 아이의 마음을 재는 것 같았다. 교수님은 한동안 그 상태로 아이를 애정 어린 시선으로 지켜보고 나서 말했다.

"열은 없는데, 많이 골골대나요?"

실은 그것으로 충분했다. 아주머니는 아이를 정식으로 진료해 달라는 것이 아니었을 게다. 그리고 그 짧은 시간 동안 우리가 본 것은, 이미 충분히 아이를 사랑하고 이해하려는 모습이었다. 그 혼잡한 엘리베이터 안에서 얼마나 더 훌륭하게 마음을 나눌 수 있을까. 짧은 진료는 아주 완벽하게 끝났다. 아주머니는 선생님이 봐 주셨으니 아이가 괜찮을 것 같다고 말하곤, 감사 인사를 표했다. 교수님은 호쾌하게 아이에게 건강하라는 덕담을 남겼다. 문이 열리자, 교수님은 그다음 환자를 보기 위해 성큼성큼 발길을 옮겼다.

그 장면을 기억하고 있던 나는, 어느덧 의사가 되었다. 환자에게 손대는 일조차 겁나고 무서웠던 학생은 혼자 하루 100여 명의 환자를 직접 책임져야 하는 응급 의학과 의사로 근무하게 되었다. 일과는 매번 혼잡하고 혼란스러웠다. 예기치 못한 일이 하루가 멀다 하고 터졌고, 죽어 가는 사람들이 당장 눈앞에 나타났다. 그래서 열에 달뜨거나 각자의 고통에 시달리다 응급실로 몰려든 사람들 중에선,

위급한 다른 사람 때문에 기다려야 하는 사람들이 생겼다. 그 환자들의 호소와 볼멘소리를 듣고 그들을 이해시키는 것도 내 일이었다.

그럴 때마다 나는 일견 체온을 측정하는 것 같던 그 장면을 떠올리곤 했다. 의사가 된 나는, 체온을 젤 때는 기계로 재는 것이 가장 정확하다는 것을 알게 되었다. 의사의 손은 자체의 온도로 인해 체온을 평가하기에 부정확하다. 다만 대략적으로 열기를 판단할 수는 있고, 경험이 쌓이면 심부 체온이 높은 상태와 정상이지만 열감이 있는 상태를 구분할 수 있다. 하지만 환자의 이마에 손을 대는 일이 중요한 것은 그 사람의 정량화된 체온을 정확히 파악하는 것에 있지 않다.

나는 하루에도 수차례 누워 있는 환자에게 다가가야 한다. 일단 환자 가까이에서 눈빛을 교환하고 나면, 그 환자가 오래 기다린 탓에 힘겨워하고 있다거나, 뒤늦게 나타난 내게 억하심정을 호소하고 싶어 한다는 것을 느낄 수 있다. 그러면 나는 습관처럼 환자에게 다가가 이마에 깊게 푹, 손바닥을 얹는다. 좁은 엘리베이터 안에서의 교수님처럼. 그러면 환자의 이마에서 온기가 느껴지고, 방금까지 다급했던 땀내와 열기가 훅 밀어닥친다.

"늦어서 죄송합니다. 어떻게, 무슨 일로 오셨나요?"

그리고 가만히 그의 마음을 느껴 본다. 그 사람에게, 같은 사람으로 성큼 다가가는 느낌이다.

"배가 아파서 왔습니다."

"네, 열감도 조금 있네요."

　방금 자신의 체온을 나누어 가진 사람을 미워할 수 있을까. 지금 자신의 이마에 손을 얹은 채 온기를 나누어 받고 있는 사람을 이해하지 못할 수 있을까. 나는 대화를 이어 가며 그들의 표정이 안온해지는 광경을 본다. 그리고 그들의 호소를 귀담아듣는다. 그들은 이마에 얹혀 있는 손을 통해 마음을 전달받은 느낌으로, 내가 그의 말을 경청하고 고통을 나누어 가질 것임을 직감한다. 그리고 나는 매번 그 당시의 기억을 떠올리고, 이 혼란스러운 틈바구니에서 주어진 짧은 시간 안에, 그들의 마음속까지 큰 보폭으로 한 걸음 다가가 마음을 가늠하며 사람을 대하는 일을 시작하는 것이었다.

땀의 이유

죽비 같은
인연

○

김수련

    항공사 객실 승무원으로 일하는 하루하루는 늘 사람들로부터 무언가를 배우는 과정의 연속이다. 지구라는 열린 도서관을 마음껏 이용할 수 있다는 점, 그것이 바로 하늘을 건너 온 세상 도시들을 오가며 다양한 국적의 승객들을 대하는 일의 가장 큰 장점이 아닐까. 객실 승무원으로 일하지 않았더라면 내가 전혀 알지 못했을 나라와 사람들, 그들에 대해 새로운 걸 깨닫고 이해하게 해 주는 내 일이 나는 무척이나 고맙다. 피부색, 언어, 종교에 상관없이, 이 시대의 우리가 살아가는 세상은 크게 다르지 않다. 어쩌면 그런 교감과 공감 덕분에 길고 고된 하늘길에서의 노동을 잘 견디며 오랜 시간 일할 수 있었는지도 모른다.

비행기라는 공간의 가장 큰 특징은 밀폐와 제한이다. 이 꽉 막힌 좁은 공간에서 수많은 사람이 서로 부대끼다 보면 그 부대낌의 피로 탓일까, 이미 공감하고 이해하고 있던 상황들을 그만 새까맣게 잊어버리기도 한다.

극성수기가 지나고 나면 항공 요금이 조금 싸진다. 휴가를 가는 여행객들은 줄어들고, 사업차 또는 고향에 방문하기 위해 떠나는 승객들이 많아진다. 성수기가 끝났음을 기뻐할 겨를도 없이 승무원들 앞에 또 다른 종류의 일이 들이닥치는 것이다.

미국은 이민자들의 나라다. 그래서 미국을 오가는 승객들 중에는 고국을 방문하기 위해 비행기를 이용하는 사람들이 많다. 그중에 특히 우리 항공사를 많이 이용하는 승객은 인도인이다.

인도처럼 식민 지배를 오래 겪은 나라는 대체로 이민율이 높다. 인도는 여전히 계급이 존재하는 사회로 계급 간의 갈등이 꽤나 심각하며, 우리는 미처 알아채지 못하지만 그들끼리는 이름과 성만 보아도 상대가 어떤 계급인지를 알 수 있다고 한다. 그러다 보니 신분이 낮은 이들은 자국기인 인디안 항공 이용을 꺼리고 신분 계급에 대한 개념이 별로 없는 외국 항공사를 애용한다는 것.

그 얘기를 처음 들었을 땐 안타까운 마음에 인도인 승객들을 만나면 무작정 연민의 마음부터 일곤 했다. 하지만 신분이 철저하게 구분된 사회에서 오래 살았던 이들이라 그럴까. 그들은 우리가 상상하지도 못할 행동으로 우리를 당혹하게 했다. 나의 연민과 공감 능력으로는 그들을 다 이해하기에 역부족이었다.

이들 인도인 승객의 특징 중 하나는 타 국적의 승객들에 비해 휠체어 신청이 유독 많다는 점이다. 인천 공항에서 인도 뭄바이로 가는 비행기를 타기 위해 미국 전역에서 모인 인도인들이 한 비행기에서 주문한 휠체어가 무려 50개가 넘을 때도 있다. 휠체어 이용 승객이 몇십 명을 넘어가면 승무원이 할 일은 몇 곱절로 늘어난다. 달리 보상도 없으면서 챙기고 신경 써야 할 일이 부쩍 많아지니, 일하는 승무원 입장에서는 불평이 쌓이기 십상이다.

휠체어를 타고 탑승하는 인도인의 대부분은 물론 노약자들이다. 그런데 이상하게도 충분히 걸어 다닐 나이 같은데 제대로 걷지 못하는 사람들이 꽤 많았다. 어느 날 인도 뭄바이의 현지 직원에게 그 이유에 관해 물었다. 유독 많은 뭄바이행 휠체어 이용 승객들에 대한 불평은 그날을 기점으로 자취를 감췄다.

직원의 답은 예상과 달라도 너무 달랐다. 너무 가난하여 자국에서는 더 이상 살 수 없어 미국으로 간 그들. 그런데 어린 시절의 부실한 영양 공급 탓에 다리 근육이 제대로 성장하지 못한 데다가, 미국에서도 고단한 노동에 시달리며 가족을 부양하느라 자신을 챙길 여유가 없어 그리 많지 않은 나이임에도 휠체어를 타는 신세가 되고 만 그들. 휠체어에 의지해서야 고향으로 돌아갈 수 있는 그들. 어쩌면 미국 이민 이후 처음이자 마지막 고향 방문일 수도 있는 그들의 여정.

그들이 그렇게 휠체어에 주저앉게 된 사정을 헤아리려 하지 않고, 그저 고단한 업무에 대한 불평만 늘어놓던 내 모습에 얼마나 낯 뜨거웠는지 모른다. 내가 할 일이 늘어나는구나, 더 고단해지겠구나, 아 힘들어, 그런 푸념만 연발하며 그 상황을 불편해하고 불평하다니.

그러던 어느 날이었다. 늙고 병들어 혼자서는 잘 움직일 수도 없는 어머니를 모시고 고향인 인도로 가는 모자 승객이 우리 비행기에 탔다. 어머니의 좌석은 비즈니스석이었고 아들은 이코노미석이었다. 아들은 탑승하며 내게 부탁했다. 자주 와서 어머니를 돌보고 싶으니 사정을 봐 달라고. 비행기는 클래스별로 좌석이 나눠져, 다른 칸의 승객이 상위 좌석으로 맘껏 다니지 못한다. 탑승 과정 중 아들의 표정과 태도에 감동받은 나는 그날 담당 팀장에게 사정을 설명해 아들이 잠깐씩 어머니 자리에 들를 수 있도록 허락을 구했다.

모자 승객이 자꾸 눈에 밟혔던 나는 아들이 어머니의 식사 시중을 들고 어머니가 화장실에 가는 것을 돕는 모습을 틈틈이 지켜보았다. 할머니는 생각보다 자주 화장실을 가고 싶어 했고, 그에 따라 나도 부지런히 양쪽 칸을 오가며 아들 승객을 불러오기를 반복했다.

그러다 보니 긴 여정임에도 불구하고 아들 승객은 제대로 잠을 자지 못했다. 그것이 안쓰러워, 내가 먼저 제안을 했다. 도착할 때까지 어머니는 내가 돌봐 드릴 테니 아드님은 조금 쉬시라고. 할머니는 평소 잘 못 움직이신 탓에 몸이 불어 있었고 인도 전통 의상인 사리를 입고 있어서 화장실로 모셔 가기가 만만치 않았다. 그래도 최선을 다해 할머니를 도와드렸고 그때마다 내게 진심으로 고마워하는 할머니의 마음을 느낄 수 있었다. 깊이 감사하는 마음을 담아 다정하게 건네는 눈길과 비록 능숙한 영어는 아니지만 "넌 참 좋은 사람이야."라는 말을 연발하던 할머니의 목소리를 통해.

뭄바이 공항에 도착한 뒤 모자 승객은 다른 승객들이 다 내리길 기다린 후에 마지막으로 비행기에서 내렸다. 나는 휠체어에 앉은 할머니를 꼭 안아 드리며 무사히 여행을 마치고 또 만나자고 인사했다. 할머니가 허리춤의 쌈지를 뒤져 꼬깃꼬깃 접은 5달러 지폐를 내 손에 꼭 쥐어 주셨다. 승무원의 업무 특성상 팁을 받는 일은 거의 없다. 난 괜찮다며 사양했으나 할머니는 절대 돌려받지 않을 기세였다. 옆에 있던 아들이 웃으며 고개를 끄덕였다. 나는 고맙다 인사를 드리고 손을 꼭 잡았다.

동료들은 그날, '왜 굳이 나서서 할머니를 돌보느라 더 힘들게 일했냐'며 나를 책망하듯 칭찬했다. 아들과 늙은 어머니가 서로를 살뜰히 돌보고 위하는 마음을 어찌 외면한단 말인가. 서로를 위하는 애틋한 마음은 고단함도 잊게 만든다.

나는 잘 몰랐다. 아니 안 보려고 했는지도 모른다. 엄격한 신분 사회, 오랫동안 영국 식민 지배를 겪은 나라, 미국 이민자로 살면서 자신의 권리 주장에만 몰입하고 타인에 대한 배려는 부족한 사람들. 그들에 대한 편견을 쌓으며 내 업무의 어려움만 증폭시켜 봤을지도 모른다. 그날 만났던 모자 승객은 자꾸 편협해지려는 나를 번쩍 일깨워 준 죽비 같은 인연이었다. 그간의 나는 한 국가와 사회에 대한 호기심에 이끌려 책도 뒤적이고 영화도 찾아 보곤 했지만, 정작 그 사회의 구성원인 사람들을 보는 일엔 게을렀던 게 아닐까.

지난달 광화문에서 열린 '갑질 격파 시민 행동' 집회에서 나는 '조합원의 편지'로 발언대에 섰다. 항공기가 날아올라 움직이는 원리를 항공 역학으로 이야기할 수도 있겠지만, 난 항공기를 움직이는 진짜 힘은 항공기 안팎에서 함께 일하는 사람들의 협력과 조화에 있지 않겠냐고 말했다. 뭄바이로 가는 모자 승객 같은 수많은 죽비 같은 인연들이 내게 그렇게 가르쳐 주었으니까. 오늘도 난 그들과의 사연을 내 맘속 책장에서 다시 꺼내 읽고 감동받으며 하루하루를 살아가고 있다.

숟가락이
너무 무거워요

○

장선숙

외국의 교정 기관에서는 여자 교도관이 남자 교도관과 구분 없이 성 교차 근무를 하고 있지만 우리나라 교정에서는 남자 수용자는 남자 교도관이, 여자 수용자는 여자 교도관이 관리를 하고 있습니다. 10년 전 우리나라 교정 현실에서 여자 교도관이 남자 수용자를 교육하고 상담하고 출소 후에 업체에 동행 면접까지 하는 것은 아주 생소한 일이었습니다. 평소 수용자 사회 복귀에 관심이 많았던 나는 당시 새롭고 난해한 이 업무에 과감히 도전장을 던졌습니다. 누군가 해야 할 일이라면 내가 한번 해 보자는 마음으로 시작했지만 여자라는 점이 장벽이 되었고 사례나 경험 그리고 관련 지식이 부족했기에 어렵고 막막할 때가 많았습니다. 어쩌다 한 명 취업을 하겠다고 해서 준비해 놓고 기다리고 있으면 목욕탕에서 없어지기도 하고, 하루 이틀쯤 일하다 슬그머니 동료의 소지품을 훔쳐서 달아나기도 하고, 그러다 보면 또 한 번 풀이 죽곤 했습니다. 많은 시행착오를 거치며 그래도 무언가 하겠다고 기를 쓰고 있는 내게 작업장 담당 선배로부터 전화가 왔습니다.

"장 주임, 내가 데리고 있는 녀석인데 참 착하고 일도 잘해. 그런데 이 녀석은 고아여서 면회 오는 사람도 없고 출소해도 갈 데가 없어서 가석방도 안 되고 당장 나가도 갈 곳이 없어. 한번 만나 보고 좋은 대책 좀 세워 주면 좋겠어."

내가 알고 있는 범준이는 어릴 때부터 사회 복지 시설에서 성장했고 고등학교를 졸업한 후 인가 시설 방침에 따라 보육 시설을 나와서 자립을 하게 되었습니다. 말이 자립이지, 사실상 미성년이고 보호자도 없는데 몇백만 원의 자립 자금으로 사회에 내보낸다면 쉽게 정착할 수 있을까요? 그렇게 사회에 나온 범준이는 보육 시설에서 함께 있었던 형을 따라 음식 배달 등을 하면서 그 형의 범죄에 가담하게 되었습니다. 법률적으로는 종범이나 공범이 맞겠지만 일반인들이 생각하기엔 겨우 망본 것에 불과했습니다.

상담을 위해 작업 팀실에 갔는데 한 번도 본 적 없는 여자 교도관의 낯선 방문 때문인지 범준이는 고개를 들지 못했습니다. 라포

르 형성을 위해 던진 몇 가지 질문에만 모기만 한 목소리로 겨우 단답형의 답을 했던 것 같습니다. 그런 범준이를 잘 알기 위해 직업 심리 검사를 해 보았습니다. 범준이의 직업 선호도 검사 결과는 홀랜드 육각형의 모형이 보이지 않을 정도였고 여섯 가지 흥미 유형 어느 것도 특별하게 나타나지 않았습니다. '아 이런 녀석이구나.'

　세 번째 만날 무렵에야 내 얼굴을 보고 수줍게 인사했습니다. 범준이를 어떻게 하면 좋을지 고민하다 평소 수용자들 법률 자문을 해 주고 계신 이진권 변호사님께 멘토가 되어 달라고 부탁드렸습니다. 부족하지만 형이 되어 주도록 노력하겠다고 하셨고 가끔씩 만나서 상담을 하곤 했습니다. 자매결연은 해결됐으니 이제 범준이가 실제 출소 후 취업할 곳을 마련해야 했습니다. 내가 원하는 범준이 취업처는 돈을 많이 주는 업체가 아니었습니다. 가족처럼 따뜻한 사장님이 계신 안정적인 일자리였습니다. 궁리 끝에 취업 박람회에서 만나 출소자 채용 의사를 확인한 섬유업체를 한 군데 선택하여 범준이의 간단한 개인 신상을 들고 무작정 찾아갔습니다. 지금 같으면 업체 대표님이 방문하셔서 사전에 면접을 보실 수도 있고, '구인 구직 만남의 날' 행사에서 볼 수도 있고, 취업 조건부 가석방도 있지만 당시는 취업 업무 초기라서 그런 노하우나 시스템이 준비되어 있지 않았습니다. 그래서 취업 담당자의 소개로 채용이 결정되기도 했습니다. 업체에 방문하니 마침 사장님과 사모님이 함께 계셔서 두 분께

정중히 부탁드렸습니다. 이런 수용자가 있으니 출소하는 날부터 바로 일할 수 있게 해 달라고, 그리고 사전에 취업 보증서를 작성해 달라고, 그리고 가장 중요한 것은 두 분이 범준이의 부모님이 되어 달라고…….

자매결연을 맺고 출소 후 취업을 확정해 놓고 나니 가족이 없던 범준이의 가석방이 결정되었습니다. 누군가에게는 가석방을 위한 형식적인 과정들일 수도 있지만 범준이에게는 취업 보증과 자매결연 등이 앞으로 살아가는 데 절실한 절차였습니다. 다행히 이런 노력들이 긍정적으로 인정받아 징역 3년 중 6개월이라는 기간 가석방을 받게 되었습니다. 범준이가 출소하던 날 우리 소 출소자들의 아버지이신 이운안 회장님과 함께 셋이 보호 관찰소에 들러 가석방 거주지 신고를 하고, 대형 마트에 들러 그동안 교도소에서 받은 작업 장려금으로 일상용품을 구입했습니다. 업체로 가는 중 밥 한 끼라도 함께 하고 싶어 근처 음식점에 들렀는데 평소에도 입이 짧고 말이 없던 범준이가 식탁에서 이것저것 뒤적이더니 이러는 것이었습니다.

"주임님, 숟가락이 너무 무거워요."

식사를 하던 회장님과 나는 멍하니 서로 바라보았습니다. 말 없는 녀석이 겨우 한마디 한다는 게 숟가락이 무겁다니……. 수용자들은 일반인들이 사용하는 금속 숟가락 대신 플라스틱으로 된 숟가락과 젓가락을 사용합니다. 2년 6개월 동안 플라스틱으로 된 가벼운 숟가락을 쓰다가 스테인리스로 된 숟가락을 드니 무거운 것이었습니다. 담 안에서 긴 시간을 외롭고 힘겹게 버텨 낸 범준이가 짠했습니다.

식사 후 업체로 가서 사장님과 사모님께 인사를 드리고 회사 내부를 둘러본 뒤 깨끗이 정돈된 기숙사에 짐을 풀었습니다. 그곳에 범준이를 두고 돌아오는데 마음이 무거웠습니다. 이틀 후면 추석인데 가족도 없고 갈 데도 없어 혼자서 텅 빈 기숙사에서 명절을 보낼 범준이가 못내 마음에 걸렸습니다. 그렇다고 출소한 남자를 우리 집에 데리고 올 수도 없고 참 안타까운 마음으로 돌아왔습니다. 그날 늦은 오후 범준이가 취업한 업체의 대표님으로부터 전화가 왔습니다. 취업 업무를 담당하고부터는 우리 애들을 채용한 업체 대표님들의 전화번호가 뜨면 반갑고 고맙기보다는 '무슨 일이 있나? 애들이 벌써 사고 쳤나?' 하는 불안감이 앞서곤 합니다. 이런 마음으로 한참을 망설이다가 전화를 받았습니다.

"낼모레 추석인데, 우린 추석엔 공장 문 닫고 본가에 가야 하는데 범준이는 어떻게 해요?"

"그러게요."

"우리 본가는 경북인데 이 녀석 데리고 가도 됩니까?"

의외였습니다.

"진짜요? 그래 주시겠어요?"

"그런데 가석방 기간이라서 보호 관찰소에 허가를 받아야 되는 것 같아서 연락했어요."

"네. 보호 관찰소에는 제가 연락하겠습니다. 고맙습니다."

"고맙긴요. 장 주임이 우리보고 가족이 되어 달라고 했잖아요. 이제 범준이도 우리 가족이니 함께 고향에 가서 명절을 지내야죠."

내 부탁을 진심으로 받아들이고 또 그렇게 하려고 노력하시는 모습에 무척 감사했습니다. 또한 대표님 덕분에 나는 한결 가벼운 마음으로 명절을 보낼 수 있었습니다. 나중에 알고 보니 범준이는 대표님의 본가에 다녀온 후 연휴의 남은 하루를 취업 분과 회장님과 함께 보냈다고 합니다. 내가 할 수 없는 일들을 우리 교정 봉사자들께서 해 주시니 그저 감사할 수밖에……

범준이도 물론 잘하고 있었습니다. 고마운 분들의 마음을 잊지 말라는 저의 당부 때문이라기보다는 본인 스스로 진정한 고마움을 느꼈기 때문이었을 것입니다. 범준이가 출소한 지 1년 반이 지나 업체를 방문했더니 사모님께서 그동안 일어났던 다이내믹한 스토리들을 말씀해 주십니다. 어떤 출소자가 전화해서 괴롭힌 이야기며, 신용을 회복한 이야기들……. 사모님은 미소 뒤에 숨겨진 한마디를 덧붙이셨습니다.

"글쎄, 지난 어버이날 범준이가 우리 부부에게 감사의 편지를 썼어요. 가슴이 어찌나 뭉클하던지. 참 착해요. 이렇게 좋은 아들을 보내 줘서 고마워요."

두 분은 물론 범준이의 부모님이 되어 주셨고, 두 자녀도 범준이의 형제가 되어 주었습니다.

그 후 사회에 복귀한 출소자를 대상으로 격려금이 나오거나 행사를 할 때 범준이 지원을 위해 연락드렸더니 사장님은 거부하십니다.

"이제 범준이는 교도소랑 전혀 상관없으니 우리 아들, 우리 직원으로만 봐 달라."라고 하십니다.

아직 범준이만의 단란한 가정을 이루지 못한 아쉬움이 있지만 사장님, 아니 아버님이 계시기에 오랫동안 아픈 손가락 같던 범준이를 마음에서 내려놓고 이제는 한 발짝 떨어져서 기도합니다. '범준이가 홀로 외롭게 보낸 시간을 보듬어 줄 엄마 같은 아내를 만나 토끼 같은 아이들을 낳고 행복한 가정을 꾸릴 수 있기를…….'

범준이를 만난 지 10년이 지났습니다.

10년 전 그곳에서 아직 살고 있고, 아직 일하고 있습니다. 어느 날 내 페이스북에 범준이가 친구 신청을 했습니다. 그리고 가끔씩 내 글에 힘을 불어넣는 댓글을 남겨 줍니다. 이제는 그가 나를 응원해 주고 내게 큰 힘이 되어 줍니다.

과호흡

— 숨을 쉬다

○

김상현

소방서의 막내인 나는 대부분의 잡일을 도맡아 한다. 밥을 짓고, 반찬을 하고, 쓰레기통을 비우고, 마트 심부름을 하고, 시키지 않은 일이라도 좋은 인상을 심어 주기 위해 한시바삐 움직인다. 이곳저곳 다니다 보면 목마른 벼처럼 축 늘어진다. 이렇게 바쁜 나를 격려하고 도와주시던 선배가 소방서를 떠난다는 소식을 들었다. 지난달에 승진을 하셨다는 게 그 이유다. 승진하실 당시엔 '역시 하늘도 마음 착한 사람을 알아보는구나.' 하고 생각하며 내 일같이 기뻐했다. 하지만 좋은 사람을 떠나보내야 하는 날이 되자 걱정이 가득 생겼다. 선배도 내 마음을 읽었는지 저녁에 나를 불러다 뒤뜰 벤치에 앉혔다. 늘 피우시던 담배를 꺼내며, 함께했던 옛이야기를 꺼냈다.

찬 기운 가시고 따뜻한 내음 올라오는 봄날이었다. 출동 장소는 소방서 인근의 한 기차역이었다. 과호흡 환자. 생소한 병명이지만, 말 그대로 호흡을 과하게 하는 증상이다. 명확히 밝혀진 것은 없으나 대부분 강한 정신적 충격이 그 원인이다. 의식이 흐려지는 경우도 있지만, 보통 생명에 지장을 주지 않는 선에서 증상이 나타났다 사라진다. 환자는 기차 안에 있으며, 환자와 통화를 하던 신고자는 기차역에서 기다리고 있다고 했다.

퇴근 시간의 역은 언제나 사람들로 붐빈다. 들것을 챙겨 올라가는데 발 디딜 틈이 없었다. 다들 바쁜 일 가득한 차가운 표정으로 빠르게 앞질러 갔다. 엘리베이터에 들것을 넣으려는데 아무도 자신의 공간을 양보하지 않았다. 어쩔 수 없이 선배에게 들것을 맡기고 나는 걸어서 올라갔다. 플랫폼에 도착하자마자 기차가 들어섰다.

신고자인 남자 친구와 함께 8-2 칸에 들것을 놓고 기차가 멈추길 기다렸다. 출입문이 열렸으나 아무도 내리지 않았다. 남자는 휴대폰을 귀에 댄 채로 여자 친구를 찾으러 들어갔다. 그의 발걸음은 급하지 않고 매우 침착했다. 뒤따라 들어가려는데 옆 칸인 8-3에서 젊은 여성 한 분이 내렸다. 굽어진 등을 보니 우리가 찾던 환자인 것 같았다. 억울한 듯이 거칠게 내쉬는 숨, 순간적인 마비로 인해 구부정해진 몸, 그렁그렁 맺힌 눈물, 그나마 다행인 것은 일단 거동이 가능했다. 남자 친구와 부축하여 바로 앞의 대합실로 들어갔다. 앉아 있던 사람들은 자리를 양보하긴커녕, 이상한 눈으로 환자를 쳐다보았다.

사실 과호흡 환자를 위해 구급대원이 할 일은 크게 없다. 몇 년 전까지만 해도 검은 비닐봉지를 입 주변에 갖다 대어 재호흡을 촉진하는 조치를 취했다. 하지만 이산화탄소 농도 조절 등에 문제가 발생할 수 있다는 주장이 더러 제기되면서 이는 지양하게 되었다. 환자를 최대한 안정시키고, 숨을 깊고 천천히 쉬도록 설득하는 것이 우리가 할 수 있는 최선이었다. 당황할 법한데도 남자 친구는 침착하게 우리를 도왔다. 그의 호흡은 정말 차분했다. 익숙한 듯 환자의 손을 감싸고 어깨를 토닥거리며, 천천히 눈을 맞췄다. 선배가 산소 포화도와 혈압을 체크하는 동안, 나는 환자의 과거 병력을 조사했다. 공황 장애를 앓고 있어 약을 먹고 있다고 남자 친구가 대신 답했다. 그러곤 환자의 안정을 돕기 위해 대합실 내의 사람들에게 자리를 비켜 달라고 부탁했다. 몇 마디의 짜증과 함께 사람들이 모두 나가자, 대합실엔 그와 그녀의 호흡만 존재했다. 활력 징후가 모두 정상임을 확인한 후에, 나와 선배는 한 걸음 물러나 주었다. 시선을 거두고 먼 하늘을 바라보았다. 해는 이미 지고, 주황과 연분홍 사이 어딘가의 따뜻한 색을 띠고 있었다.

환자의 호흡은 서서히 돌아왔다. 마비되었던 손발도 천천히 돌아왔다. 단단해진 손을 놓지 않던 그의 체온이 잘 녹여 내었나 보다.

환자의 상태로 보아 병원 이송은 불필요할 것 같았다. 지금 서 있는 이 기차역에 저 둘만 남겨 두고 조용히 나오고 싶었다. 둘만의 시간 속에 다음 기차를 기다린다. 그 어떤 특별한 말도 필요하지 않을 것이다. 그저 진심을 전할 두 손과 조용히 앉아 시간을 공유할 공간, 그리고 이들을 감싸 안아 줄 따스한 풍경. 그거면 충분했다. 앞으로 어떤 고난도 함께할 것 같은 한 쌍을 본 기분이었다. 선배도 나와 같은 생각을 했는지 내게 눈빛을 보냈고, 대합실 문에 메모를 남겨 두고 조용히 나왔다. 아직 세상은 따뜻함을 느꼈다.

선배는 언제나 그랬듯 재떨이를 깨끗이 치우며 말했다.

"세상 참 바쁘게 돌아간다. 하고 싶은 일에 비해 해야 하는 일이 많고, 쉼 없이 계속 달리는 사람이 많다. 나도 그런 사람 중 하나였고, 그 탓에 이렇게 승진한다. 승진해 봤자 뭐 하나, 좋았던 사람들과 인사해야 하는데. 너는 좀 천천히 걸으며 오랫동안 함께해라. 소방관은 매일 연기를 마시니 금연도 소용없다지만, 넌 담배 절대 피우지 마라."

입가에 미소가 번졌다. 세상 사람 모두 과호흡에 시달리고 있는지 모른다. 왜 갑자기 그러는지도 모르고, 이렇다 할 해결 방법도 없다. 너무 숨 가쁘게 움직인다. 필요한 것은 단 하나이다. 그와 손을 잡은 그녀처럼 마음의 안정을 취하고, 자신의 쉼, 자신의 숨을 되찾는 것. 숨을 쉬는 것. 그거면 된다.

재미있게
자립하는 방법

○

윤성근

동네에서, 도시의 동네에서, 다른 곳이 아닌 서울이라는 대도시의 한 동네에서 헌책방을 운영하게 되었을 때 가장 중요하게 생각한 부분이 바로 '자립'이다. 자립이라고 하니 멋있는 말처럼 들리지만 사실은 '살아남기' 혹은 '버텨 내기'라고 해야 옳을 것이다. 말 그대로 여긴 하루에도 엄청난 수의 자영업자들이 새로이 가게 문을 열고 또 그 정도로 많은 사람이 폐업 신고를 위해 구청을 방문하는 자본의 정글과 같은 곳이기 때문이다.

한마디로 돈을 벌지 못하면 살아남지 못한다. 내가 먹고살 만큼 적당히 버는 것 가지고는 감당이 안 된다. 이곳에서 돈을 번다는 건

솔직히 나를 위해 버는 게 아니다. 자기 이름으로 된 건물을 하나 갖고 있지 않은 이상, 내가 먹고살 만큼이 아니라 건물주가 먹고살 만큼 벌어야 가게가 유지되는 것이다.

그러면 왜 자영업을 하는가? 그중에서도 헌책방이라니? 사람들은 가끔 내게 묻는다. 헌책방을 한다는 것은 다시 말해 돈 벌겠다는 욕심을 버렸다는 얘기 아니냐고. 그럴 리가! 나는 돈을 벌고 싶다. 헌책방에서 일하며 돈을 벌고 싶은 것이다. 그리고 이 가게를 유지하려면 돈을 벌어야만 한다. 얼만큼 벌어야 하는가? 애석하게도 그 기준은 노동과 생활의 주체인 내가 아니라 건물주가 정한다. 이것이 현대 자본주의 사회의 아이러니이고 부조리다. 적어도 달마다 임대료를 지불할 수 있을 만큼은 벌어야 한다. 사실 나는 평소 씀씀이가 크지 않기 때문에 생활하면서 그 정도로 큰돈은 필요 없다. 임대료를 감당해야 하기 때문에 어쨌든 그만큼의 돈을 벌어야 한다는 목표를 갖고 있을 뿐이다.

하지만 건물주에게 가서 나의 가치관과 철학이 이러이러하니 임대료를 내 수준에 맞게 낮춰 달라고 할 수는 없다. 이런 경우, 미친놈 소리나 안 들으면 다행이겠다. 그러니까 어쨌든 돈을 벌어야 자립이라는 걸 할 수 있는데, 그렇다고 무작정 돈벌이를 하겠다는 게 아니라 내 나름의 두 가지 기준이 있다. 첫째는 너무 열심히 일하지 않는다는 것. 아무리 좋아하는 일이라고 하더라도 우선은 내 몸과 마음이 지치지 않을 정도로 해야 한다. 컴퓨터 회사에 다닐 때를 예로 들어 보자. 사무용이 아닌 업무를 처리하는 서버 컴퓨터 같은 경우 시피유나 하드 디스크, 램 같은 하드웨어는 저마다 정해진 능력치가 있기 때문에 이것을 모니터링하고 있다가 한계치에 이르면 부품을 교체하거나 다른 서버를 투입해 일을 돕도록 만든다. 이 한계치는 60% 정도다. 말 못 하는 기계이기 때문에 100% 성능을 내도록 일을 시키는 건 바보 같은 짓이다. 오히려 그 반대로 기계가 말을 못 하기 때문에 최대치까지 끌어올려 일을 시키지는 않는다. 그렇게 하면 기계는 고장이 나는데, 이것을 고치고 데이터를 복구하는 것보다 일을 적게 시키고 컴퓨터에게 휴식 시간(idle time)을 보장해 주는 게 서버 운영에 더 적은 비용이 든다. 기계도 이런데 사람은 어떨까? 기계는 고장 나면 비용이 들더라도 똑같은 부품으로 교체할 수 있다. 하지만 사람은 똑같지 않다. 그렇기 때문에 나는 돈을 버는 것에 앞서 나를 더 소중히 여기기로 했다. 아무리 재미있고 즐거운 일이라도 내가 할 수 있는 열심의 50~60% 정도만 풀어 놓는 게 멀리 봤을 때 일을 더 오래 즐길 수 있는 길이라고 믿는다.

두 번째는 돈벌이의 상한선이다. 임대료를 지불하기 위해 내가 필요한 것 이상의 돈을 벌고 있지만 무한정 그 액수를 늘리고 싶지는 않다. 임대료는 거의 해마다 조금씩 오른다. 어떤 건물주는 임대료를 오랫동안 올리지 않기도 하는데 그건 일부일 뿐이고 대부분은 임대차 계약을 갱신할 때마다 올린다. 나는 그 한계를 100만 원으로 정했다. 달마다 지불해야 하는 임대료가 100만 원을 넘게 되면 과감히 헌책방을 다른 곳으로 옮길 것이다. 돈을 벌되, 한계 이상의 수익을 창출하려고 노력하거나 거기에 의존한다면 역시 나의 몸과 마음은 고장 날 것이다. 이반 일리치의 말을 조금 비틀어 보자면, 임대료가 어느 한계를 넘어서면 내가 영업을 위해 임대료를 지불하는 게 아니라 임대료 그 자체를 위해서 내가 지불 수단으로 전락하기 때문이다.

그리고 이제는 현실이 남았다. 철학이야 언제든 말로 할 수 있는 것이니까 편리한 것인데 그것을 어떻게 실천하느냐의 문제는 또 다른 차원이다. 어떻게 열심히 일하지 않으면서 임대료 상한선 100만 원과 나의 생활비를 벌겠는가? 돈 안 되는 사업으로 널리 알려진 헌책방을 운영하면서 말이다. 다양한 방법을 통해서 지난 10년간 이 목적을 이루고 있지만 여기서는 가장 중요한 문제에 대해서 말하기로 한다. '사람들을 이곳에 어떻게 오게 할 것인가?'라는 끝없는 고민에 대한 나만의 해답이다.

인터넷으로 책을 팔고 있지 않은 '이상한 나라의 헌책방'이 수익을 올리는 방법은 단 한 가지다. 손님이 이곳에 방문해서 책을 구입해야 한다. 책은 솔직한 물건이다. "좋은 책은 반드시 팔린다."라는 말은 수학 명제만큼이나 확실한 정의다. 그러니 내가 좋은 책을 알아볼 수 있는 안목이 있다면 헌책방에서 그 책을 팔면 된다. 그건 내가 자신 있게 할 수 있는 일이다. 물론 누군가에게 좋은 책이 다른 이에게는 별것 아닐 수도 있다. 반대의 경우도 얼마든지 있고. 내가 가진 강점은 어떤 책이 누군가에게 잘 맞는지 알아내는 게 아니라 책 그 자체에 담긴 작가의 진정성과 노력을 감지할 수 있는 감수성이다. 그러니까 우리 헌책방에 오면 누구든지 괜찮은 책 한두 권 정도는 발견할 수 있다. 그러나 손님이 이곳에 문을 열고 들어오지 않으면 책을 보여 줄 수 없고 당연히 구입으로 연결되지도 않는다. 그래서 처음부터 나는 어떻게 이곳에 사람들을 오게 할 수 있을지, 한번 왔던 사람을 또 오게 할 수 있을지 고민했고, 와 보지 않은 사람이라면 여기에 오고 싶은 마음이 들 수 있도록 만드는 방법을 찾는 데 집중했다. 다음에 기회가 생기면 이런 고민의 결과물 중 효과가 좋았던 것들을 설명하겠다. 이 말인즉, 실패한 기획도 엄청나게 많다는 뜻이다. 그것에 관해서도 언젠가 또 자세히 말할 기회가 있기를 바란다.

수요일

땀의 슬픔

웰컴 투 헬
편의점

○

봉달호

꼴불견이거나 추태를 부리는 손님을 통칭해 서비스 업계에서는 '진상'이라 부른다. 원래는 속어였는데 이제는 전국적으로 통용되는 표준어이자 일종의 보통 명사처럼 굳어진 것 같다. 인터넷에서 어원을 살펴보니 임금님께 드리던 진상품에서 유래했다고 한다. 백성들은 진귀하고 특별한 물건을 궁궐에 진상해야 했는데, 그 폐해가 잦다 보니 점차 진상이라는 용어에 분노와 저주의 감정이 실렸고, 결국 '허름하고 나쁜 것을 속되게 이르는 말'이라는 의미가 더해졌다. 가장 귀하게 여겨야 할 손님을 상대하기도 싫은 사람, 심지어 쫓아내야 할 사람으로 여긴다는 측면에서 진상이라는 용어의 유래에 공감이 간다.

이 글을 쓰고 있는 현재, 나는 두 곳의 편의점을 운영하고 있다. 그동안 다섯 곳의 편의점을 운영해 봤는데 나머지는 정리하고 두 매장에만 열정을 쏟고 있다. 지금 우리 편의점에는 거칠게 진상이라고 부를 만한 손님이 없다. 그 이유를 살펴보면 왜 다른 편의점에는 진상이라고 부르는 손님들이 존재하는 것인지, 과연 진상은 어떻게 생겨나는 것인지 대충 추론이 된다.

우리 편의점은 둘 다 낮에만 문을 열고(저녁 8시 이후로는 문을 닫는다.), 술은 애초에 팔지도 않으며, 회사나 관공서 안에 구내매점 형태로 존재한다. 이를 뒤집어 보면 사람들은 주로 밤에, 술을 마시고, 제3자의 시선이나 공적인 규제가 느껴지지 않는다고 생각할 때 숨어 있는 본성이 튀어나오며 진상으로 진화, 아니 퇴화하는 것 같다. 보름달이 뜨면 늑대로 변하는 사람처럼.

편의점 운영 2년 차 무렵, 다른 편의점에서 일주일간 알바를 뛴 적이 있다. 내가 주로 술을 마시러 오가던 먹자골목에 편의점이 하나 있었는데, 브랜드가 없는 개인 편의점인데도 유흥가 한복판에 있다 보니 제법 장사가 잘돼 보였다. 매장에 욕심이 나서 그 동네에 갈 때마다 눈여겨봤고, 숙취 해소 음료나 복권을 사면서 주인 어르신과 안면을 트기 위해 노력했다. 대여섯 번 들렀을 때였나, 취중에 무례하게도 '이젠 젊은 사람에게 편의점을 넘기고 여유로운 노년을 즐기

시는 게 어떻겠냐'고 수작을 걸어 보기도 했다. 그 사장님 연세가 일흔에 가까웠다. 그랬더니 어느 날 사장님이 의외의 제안을 하셨다. 일주일 정도만 야간 근무를 해 줄 수 있겠느냐고. 당시 그분에게 그럴 사정이 있었다.

그래서 일주일 동안 편의점 야간 알바를 뛰게 되었다. 멀쩡히 내 매장이 있는데 다른 사람의 매장에서 말이다. 그 일주일 동안 나는 그야말로 '헬'을 경험했다. 내가 운영하는 편의점에서는 상상도 할 수 없는 사건, 1년에 한 번 일어날까 말까 하는 일들이 그곳에서는 거의 매일같이 일어나고 있었다.

편의점을 하다 보니 다른 편의점에 들르면 이것저것을 우리 가게와 비교하게 된다. 손님으로 오갈 때 나는 그 편의점에 불만이 많았다. 진열은 엉망인 데다가 상품 구색도 형편없고, 쓰레기통은 꽉 차서 넘쳐 나는데 근무자는 카운터에 멀뚱멀뚱 앉아만 있었다. 진열대는 과연 언제 닦았는지 손가락으로 주욱 그어 보면 먼지가 폴폴 묻어나고, 매장 입구와 주위도 온갖 오물들로 너저분해 점주가 도대체 장사를 할 생각이 있는 사람인지 의심스러울 정도였다. 그래서 내가 그 편의점을 인수하면 훨씬 운영을 잘할 수 있을 거라 그렇게 만만하게 여겼던 것 같다. 어리석은 자만은 단 일주일 만에 날아가 버렸다.

일단 반말을 하는 손님이 왜 그리도 많은지, 오피스 상권에서 점잖은 직장인들만 상대해 온 나로서는 일종의 '컬쳐 쇼크'에 가까웠다. 나는 편의점에서 주로 모자를 쓰고 일한다. 그 때문에 나이가 어려 보여 그토록 반말을 하는가 싶어, 모자를 벗고 반짝이는 이마를 훌러덩 드러낸 채 카운터에 있어 보기도 했다. 마찬가지였다. 어떤 손님들은 반말과 존댓말의 경계를 아슬아슬하게 오갔고 말이 짧았다. 말끝에 '요'나 '주세요'를 붙이지 않고 그냥 '에쎄 라이트'라고 제품명만 툭 끊어 말하는 사람은 어찌나 흔하디 흔하던지……. 나이 드신 분들이 그러는 건 어느 정도 이해할 수 있지만 20대 정도 돼 보이는 손님이 그러면 소매를 걷어붙이고 "야, 이 버릇없는 녀석아. 너 나이가 몇 살이야?" 하면서 덤벼들고 싶었다.

돈을 집어 던지는 사람은 또 왜 그렇게 많은지 그것도 충격이었다. 현금으로 계산할 때 근무자 손에 살포시 돈을 건네주면 서로 기분이 좋을 텐데 카운터 위에 툭툭 던지는 사람들이 있다. 도대체 왜 그러는 건지 아직도 이해가 안 된다. 매장 문을 덜커덩 열고 들어와 천 원짜리 지폐 몇 장을 카운터 위에 휙 집어 던지며 담배 이름을 읊어 대는 손님을 마주할 때면, 나도 담배를 꺼내 그 사람에게 휙 던지고 싶어진다. 그 편의점이 내 가게라면 어쩌면 그럴 수도 있었을 텐데, 잠시 맡아 주고 있으니 그러지도 못하고 마음속으로 화를 삭이느라 혼났다. 끊었던 담배 생각이 간절했다. 이 정도는 내가 그냥 참고 넘어가면 끝나는 일이고, 어쩌면 내 지나친 꼰대 기질의 발로인지도 모른다. 하지만 취객의 경우는 달랐다.

술에 취해 비틀거리며 들어오는 사람이 있으면, 그가 편의점을 나갈 때까지 긴장을 놓을 수가 없었다. 비틀거리다 진열대에 부딪쳐 진열을 망가뜨리기도 하고, 병 음료를 꺼내다 바닥에 떨어뜨려 와장창 박살을 내기도 했다. 매장 한구석에 구토를 하거나 바닥에 큰대자로 뻗어 버리는 진상도 있다니, 취객이 들어와 한참 동안 매장 안에 조용히 있으면 불안하고 초조하기까지 했다.

그 편의점 창가에는 두세 명 정도 앉을 수 있는 시식대가 있었다. 야간 알바를 뛰기 전까지 나는 시식대에 왜 의자가 없는 걸까 의아해했다. 점주가 서비스 마인드가 부족한 사람이라 생각했다. 하지만 곧장 이유를 알았다. 의자가 없는데도 사람들은 꽤 오래 시식대에 머물렀다. 라면이나 음료를 이미 다 먹었는데도 한참이나 편의점에 머물렀다. 다른 손님들이 시식대를 이용하는 걸 방해하는 건 물론이고, 통로를 가로막아 이동하기도 불편했다. 그러거나 말거나 '시식대 점령족'들은 개의치 않았다. 빨리 좀 나가 줬으면 좋겠는데 음료 하나 사고 몇십 분을 그렇게 점령하고 있었다.

그들 중엔 '콜'을 기다리는 대리운전 기사들이 많았다. 아득바득 열심히 살아가시는 분들이니 마치 내 형이나 아우를 대하듯 따뜻한 마음으로 "편의점에 들어와서 기다리세요."라고 말하며 자리를 내주면 좋겠지만, 장사를 하다 보면 우리가 간직하고 있는 인정과 배려심마저 거둬 가는 냉혹한 무엇이 생겨나게 마련이다.

시식대에서 뭘 먹었으면 제대로 뒤처리를 해 주면 좋을 텐데 그 자리에 그대로 두고 가거나, 분리수거를 제대로 하지 않거나, 구석에 아무렇게나 쑤셔 박아 놓고 가는 사람들도 많았다. 라면 국물을 버리면서 옆으로 흘리는 일 또한 비일비재했다. 치우면 어질러지고, 또 치우면 또 어질러지고 밤새도록 쓰레기통과의 전쟁이었다. 결국 그러다 '쓰레기통은 치워서 뭐 하나, 또다시 지저분해질 텐데.' 하면서 내버려 두게 됐다. 단 일주일 만의 완벽한 적응이었다.

손님들에게 친절히 대할 필요가 없다는 사실도 알게 됐다. 밤에 들어오는 손님은 태반이 취객이거나 뜨내기 손님이었다. 상냥하게 웃는다고 매출이 늘어날 가능성도 별로 없을 뿐더러 그렇게 웃어 주면 오히려 상대방을 만만하게 여기는 사람들도 간혹 있기 때문에, 그냥 모든 손님을 무뚝뚝하고 냉랭하게 대하는 것이다. 초저녁에 진상 손님을 서너 명쯤 처리하다 보면 아드레날린이 대뇌에 꽉 들어차, 그런 날은 그저 아무 생각 없이 카운터에 앉아 있는 게 정신 건강에 좋다는 요령도 터득하게 된다. 원래 그 편의점 주인장처럼 나도 가만히 카운터 안에서 텔레비전을 보거나 휴대폰을 만지작거리며 앉아 있었다.

미디어는 늘 감동을 보여 준다. 깨끗하고 아름답고 화려한 모습만 편집해 보여 준다. 친절한 편의점, 청결한 편의점, 단정한 편의점, 훈훈한 인정이 넘쳐흐르는 편의점……. 그런 편의점을 부러워하라고,

따라 하라고, 너희는 왜 그렇게 하지 못하는 거냐고 따져 묻듯 '모범'을 보여 준다. 누군들 자기 편의점을 그렇게 운영하고 싶지 않아서 그러겠나. 유흥가 중심부 편의점에서 딱 일주일간 야간 알바를 뛰어 보고서야 깨달았다. 나는 우물 안의 개구리였노라고.

건방진
신규 간호사

○

이라윤

 여자 군대로 일컬어지는 간호사 세계. 위계질서가 군대만큼이나 강해 그렇게 불린다. 나도 처음엔 여느 신규 간호사들과 다를 게 없었다. 아무것도 모르는 환경에 적응해야 했고, 이론적으로만 배운 간호와 임상에 적용되는 간호가 달라 이것저것 새로 배우기에 급급했다. 잘 배우기 위해, 살아남기 위해 눈에 거슬리지 않고 튀는 행동을 하지 않는 게 답이었다. 그래서일까. 선배의 모욕적인 말이 당연해진 게. 밑엣사람은 아무 말도 할 수 없는 것이 당연해진 게. 선배의 말이 잘못되었다고 하면 건방진 신규로 낙인찍히는 것이 당연한 분위기였다.

신규 시절, 나는 병원 기숙사 생활을 했다. 4인 1실 기숙사였는데, 신규 때 퇴사하는 간호사가 많다 보니 4인실이지만 거의 3인이 사용했다. 입사해서 좀 살다가 나가는 사람이 많아 같이 사는 사람들도 자주 바뀌었다. 3개월 정도 살았을 때 우리 방에 새로운 사람이 왔다. 나보다 나이가 많았고 경력직이었다. 나와 같은 부서에 발령받았다고 했는데, 첫인상이 정말 밝았다. 그때쯤 나는 중환자실에 적응하려 애쓰다 보니 얼굴이 많이 어두워져 가고 있었다. '그만둬야 하나, 말아야 하나. 간호사들은 다들 이렇게 일해야만 하는 건가? 그럼 난 간호사라는 직업을 하지 말아야 하나.' 한창 고민이 많은 시점에 룸메이트와 같이 병원에 대한 이야기를 하며 스트레스를 풀 수 있었다.

시간은 차차 흘러 룸메이트는 중환자실에 적응하고 환자를 볼 수 있는 트레이닝에 들어가게 되었다. 그런데 잘 적응하는 것만 같았던 룸메이트가 돌연 사직서를 제출했다. "도대체 갑자기 왜 그만둔다고 하는 거야? 잘하고 있었던 거 아냐?"라고 물어보자 룸메이트는 그간 있었던 일들을 나에게 털어놓기 시작했다. 트레이닝받으며 혼나는 것은 '내가 부족해서 그런 거겠거니.' 하며 넘겼다고 한다. 그런데 어느 순간 '이건 아니다.'라는 생각이 들었다고.

"넌 이래 가지고 국시 합격을 어떻게 했어? 생각이 있는 거야 없는 거야, 정말."

"너 이러는 거 부모님은 알고 계시니?"

"너 전에 근무했던 병원에서 어떻게 일했어? 답답하다, 정말."

이것 말고도 입에 담을 수 없는 말들이 계속되자 룸메이트는 그냥 병원을 그만두고 나가기로 결심한 것이다. 말리고 싶었지만 말릴 수가 없었다. 그만둔다는 말에 그저 끄덕이기만 했다. 이후로도 그 선생님 때문에 그만두는 사람들이 늘어 가자, 나랑은 아무런 사건이 없었지만 나도 속으로는 그 선생님이 불편해져 갔다.

시간이 흘러 나도 트레이닝을 마치고 독립해 혼자 일하며 적응하느라 한창 바쁠 때였다. 모르는 것이 당연한 것은 아니지만, 알아야 할 것이 많은 중환자실에는 매번 모르는 것이 넘쳐 났다. 하루는 인계를 받다가 흔히 진행하지 않는 혈액 검사가 있어서 그 선생님에게 물어본 적이 있다.

"선생님, 이건 어떤 경우에 하는 건가요?"

"넌 지금 윗사람 태우는 거니? 네가 알아서 공부해."

모르면 물어볼 수도 있는 거 아닌가? 물론 내가 공부해야 하는 게 맞지만 태우고자 물어본 게 아니라 궁금해서 질문한 건데, 그렇게 느껴진다는 게 신기했다. 또 한번은 인공호흡기가 잘 작동하는지 지켜보면서 감시값을 적고 있었다. 정신없이 일하고 있는데, 선생님이 와서 감시값을 물어봤다. 인공호흡기의 모드마다 적는 감시값이 다 다른데, 꼬치꼬치 캐물으니 정확히 대답하지 못했다. 답하지 못

한 스스로에 대해 실망한 데다 혼까지 나는 바람에 표정이 어두워졌다. 당장 처치해야 하는 것들이 많은 상태에서 혼나다 보니 일은 지연됐고, 마저 남은 일을 마치려고 했을 때였다. "표정 좀 풀지?"라는 한마디를 듣자마자 나는 터져 버렸다. "그럼 제가 이 상황에서 웃어야 하나요?" 속으로만 생각했던 말이 필터링을 거치지 않고 튀어나와 버렸다. 이미 엎질러진 물이니 나는 그대로 할 일들을 처리해 나갔다.

그 당시엔 아무 말 없었는데, 그 뒤로 난 그 선생님에게 타기 시작했다. 내 환자의 상태가 좋지 않아 보이면 옆에 와서 하나하나 사사건건 터치했다. 나도 배운 대로, 나만의 방식으로 처치를 시행하려고 하면 와서 하나하나 간섭하고 물어봤다.

환자의 상태가 좋지 않아 극도로 예민해져 처치하고 있는 나에게 '넌 이것도 모르냐, 저것도 모르냐' 지적하자 자신감이 떨어져 갔다. 내가 하고 있는 처치에도 자신이 없어졌다. 한마디로 나만의 방식으로 풀어 가는 게 아니라 다른 사람에게 끌려가고 있었던 것이다. 이렇게 하면 나도 죽고, 내 환자를 책임지고 담당하기도 어렵겠다는 생각이 들었다. 다 너를 위해서라고 하였지만, 당시 나에겐 전혀 도움되지 않았다. 건방져 보이겠지만, 난 그렇게 느꼈다.

더 이상 끌려다니면 안 되겠다는 생각이 들었다. 모든 걸 다 지고 갈 순 없었다. 내가 스트레스를 안 받고 아무렇지 않게 일에 집중할 수 있으면 좋았겠지만, 난 그럴 만한 역량이 되지 않았다. 미움받을 용기가 필요했다.

한번은 환자의 베드사이드 모니터상 심전도 모양이 이상했다. 심장도 빨리 뛰었고 산소 포화도도 떨어지기 시작했다. 이상을 감지한 나는 혈액 가스 검사를 시행하고 기계를 돌리면서 주치의에게 노티를 했다. 그렇게 주치의와 함께 처치를 시행하고 있는데, 그 선생님이 정신없는 나에게 질문을 던졌다.

"심전도의 모양이 이상하네. 저게 어떤 건지 알아?"

"잘 모르겠습니다. 공부하겠습니다."

"넌 그것도 몰라? 그럼 너 공부한 거 가지고 와."

"……"

공부는 내 몫이지 누군가에게 검사받아야 하는 건 아니라고 생각했다. 그래서 그 말에 대답하지 않았다. 누군가에게 보이기 위한 공부를 할 생각이 아니었기 때문에. 그랬더니 열 번도 넘게 공부한 것을 가져오라고 했다. 열 번도 넘는 질문에 한 번도 대답하지 않았다. 건방졌지만, 그래도 뱉은 말엔 책임을 져야 한다는 나름의 소신이 있었다. 상황을 처리하느라 바쁜 나에게 "대답 안 하니? 네가 심전도 공부한 거 가져오라고."라면서 계속 다그쳤다. 그날의 근무는 너무 힘겨웠다. 그렇게 그 선생님과 사사건건 부딪쳤고, 그래도 난 지키지 못할 것은 약속하지 않았다.

태움은 지독했다. "부모님이 너 그렇게 가르쳤니?"부터 시작해서, "널 태우는 게 아니라 네가 몰라서 가르치는 거야."라는 말로 상황을 정당화했다. 힘겨운 날이 반복되고 스트레스가 터지면서 이유 없이 헛구역질을 한 날도 있으며 힘겹게 울었던 날도 많았다. 그렇지만 그만두고 싶진 않았다. 나의 방식도 잘못되었지만, 그만두면 부당함에 굴복하는 것 같았다. 그러다 수선생님과 면담하던 도중 힘든 일 있으면 이야기하라는 말에 참아 왔던 것들이 터졌다. 다른 부서로 이동시켜 달라고 했다. 그 선생님 때문에도 힘들었지만, 중환자실은 꽉 막힌 공간에서 근무하기에 감옥 같았다. 수선생님은 부서 이동을 신청해 주겠다고 하였다.

일하다 보면 참 아이러니한 상황들이 많이 벌어진다. 후배는 자신을 가르쳐 준 선생님과 대화하다가 남자 친구 이야기가 나왔다고 한다. 지금 남자 친구랑 결혼하고 싶다고 했더니 갑자기 그 선생님 얼굴이 싹 변하면서 "넌 일도 못하면서 덜컥 임신해서 오지 마."라고 했단다. 일은 일이고, 행여 결혼하지 않은 상태에서 임신한다고 해도 그건 축복받을 일이 아닌가?

수술실에서 일하던 후배가 두 달도 못 버티고 나가면서 했던 말이 있다. 수술실은 감염 위험성을 낮추기 위해 수술실의 온도를 낮게 해 두는데, 너무 추워서 카디건을 입고 싶어도 경력이 낮으면 입을 수 없다고 했다. 추워서 카디건을 입는 데도 경력이 필요한 것인가?

그런 말이 있다. 돌 던진 사람은 기억을 못 해도 돌 맞은 개구리는 다 기억한다고.

다 기억한다.

이런 상황들을 겪을 때마다 항상 생각하며 스스로 마음을 다잡는 한마디가 있다. 배우 견미리 씨 딸 이유비 씨가 '엄마 덕 본다'는 식의 악플과 폭언을 듣는 것에 대해 했던 말이다.

"누군가가 나를 욕하는 10분 때문에 내 24시간이 행복하지 않으면 그게 더 손해라고 생각해요."

교사
상처

○

최가진

S는 수업 종이 치고 한참 만에 교실에 들어오곤 했다. 다른 반 아이들과 운동장에서 놀다가 그랬다는데 2학기 들어 횟수가 늘었다. 수업 지각이 잦아지자 안건으로 올려 학급 회의를 했다. 아이들은 자꾸 수업에 늦게 들어오는 사람이 생기니까 수업의 흐름이 끊기고, 선생님들이 잔소리를 하게 되면 분위기도 안 좋아져서 문제가 있다고 했다. 그래서 토의 끝에 벌칙을 정했는데, 지각한 그 과목 선생님께 반성문을 쓰되 A4 용지를 꽉 채워서 쓰기로 했다. 그리고 모두 벌칙에 이의가 없다고 해서 바로 시행하기로 했다. 나는 문제점을 공유하고 그 해결책에 대해서도 함께 논의하는 아이들이 기특했

다. 이렇게 함께 생각해 보는 시간을 가지니까 스스로 행동을 조절해 나가는 힘도 생기는 것 같아 참 좋다고 생각했다.

그러나 S는 이번에도 규칙을 지키지 못했다. 수업 지각 벌칙을 수행하러 교무실에 들어온 S가 "종이요. 볼펜도 주세요." 하고 입이 툭 나와서는 퉁명스럽게 말했다. S는 큰 덩치 때문에 더 작아 보이는 의자에 걸터앉아 두툼한 손으로 10초 만에 네다섯 줄 적더니 한 손으로 종이를 내 눈앞에 쑥 내밀곤 그대로 나가려고 했다.

"학급 회의에서 징한 대로 종이를 꽉 채워야 할 것 같은데?"

나는 감정을 드러내지 않으려 노력하며 말했다.

"작작 좀 하지."

"뭐라고?"

"작작 좀 하라고요."

"너 나한테 하는 말이야?"

"그럼 누구한테 하는 말이겠어요?"

S는 내 눈을 보지 않고 이맛살을 찌푸리며 '작작'에 힘을 주어 말했다. 교무실에 있는 내 몸이 그냥 땅속으로 꺼져 버렸으면 했다.

3월 첫 주에 시작해서 1학기 내내 입만 열면 불만이라며 S 때문에 미치겠다는 반 아이들의 원성, S가 내뱉은 막말에 상처 입은 선생님들의 하소연, S가 자기한테 패드립을 했네, 성드립을 했네 하며 분개해서 교무실로 뛰어오던 아이들, S가 교실 여기저기에 버린 껌 종이,

과자 봉지들. '작작'은 이런 것들을 지적하고 꼬집을 때 쓰는 표현이라고, 나는 속으로만 말했다. 속이 답답하고 터질 것 같았지만 정말 꾹꾹 참았다. 이렇게 참다가 암이라도 걸리면 네가 보상해 줄 거냐고 소리치며 녀석의 뒤통수를 후려갈기고 싶었다가, 이것밖에 생각하지 못하는 내가 너무 못나게 느껴져 괴로웠다. 자책이 제일 안 좋다는데……, 나를 못마땅하게 여기고 구박하는 건 또 나였다. 나는 이러고 있는데 교무실을 나가자마자 친구들이랑 시시덕거리는 S를 보면 울화가 치밀었다.

선생님들의 민원이 잦아들자 이제 S는 아이들과 자주 싸웠다. 우리 반 여자애랑 싸워서 중재를 하고 마무리로 사과를 권하면, "잘못은 인정하지만 저는 쟤한테 미안하지가 않은데 사과하는 게 무슨 의미가 있어요? 저는 사과 안 할래요." 하고 버텨서 처음부터 이야기를 다시 시작해야 하는 일이 많았다. 그러고 나서 며칠 후엔 또 다른 반 여자애랑 싸웠다. 싸울 때마다 '문제 해결 서클'을 열었다. 문제 해결 서클은 문제의 당사자나 연관자가 만나 서로의 입장을 얘기함으로써 서로를 이해하게 하고, 사과할 것과 책임질 것을 정하며, 최종적으로는 대화를 통한 관계의 회복을 목표로 하는 모임인데 한번 하면 최소 1시간은 걸렸다. S는 3월에만 6건의 서클에 참여했다. 취지가 좋은 대화 모임이지만 자주 하다 보니 지쳤다. 저도 지겨웠을 것이다.

한동안 S의 서클이 없다 싶었던 바로 그날, S의 소위 성드립으로 H의 화가 폭발했다. 복도 유리창을 주먹으로 깬 것이다. 손을 다쳤는데 보건 선생님이 안 계셔서 부랴부랴 병원에 태워다 주고 다시 데려왔다. 병원에서 진료 순서를 기다리는 동안 H를 진정시키며 무슨 일 때문에 그렇게 화가 났냐고 물었다. 여자 친구 L 앞에서 "너, 콘돔 사 가지고 L과 모텔 들어가더라." 하며 있지도 않은 말을 지어서 하는 게 화가 났다고 했다. 처음에는 "야, 야동 좀 그만 봐." 하는 말로 웃으며 넘어가려 했는데, 여자 친구가 있는 앞에서 말도 안 되는 저질스러운 이야기를 계속 지어내는 걸 가만히 듣고만 있을 수가 없었다고 했다.

학교에 돌아가서 S를 교무실로 불렀다. 이번에는 저도 좀 심했다고 생각했는지 순순히 사과를 했고 H가 사과를 받아 주어 넘어갔다. 이 일을 계기로 성교육을 좀 해야겠다 싶어서 『사춘기 아들에게』라는 얇은 책을 골라 목록별로 읽고 소감 말하기를 3번에 걸쳐서 했다. 자기가 잘못했다고 느꼈다면 벌칙을 수행하는 태도가 공손해야 한다고 나는 생각하는데 S는 그렇지 않았다. 교무실에 와서는 함께 온 친구랑 장난을 치거나 이거 꼭 해야 하느냐며 얘기한 걸 원점으로 돌려놓는 말을 아무렇지 않게 했다. 그럴 때마다 '얘는 지도를 하면 바뀔 수는 있는 앤가? 괜히 내 에너지만 낭비하는 게 아닌가?' 하는 고민이 됐다.

S는 아슬아슬하게 등교하거나 종종 지각을 했으며, 우리 반 지각 벌칙을 유일하게 수행하지 않고 그냥 집에 가 버렸다. 다음 날 남으라고 하면 무시하고 또 그냥 갔다. 그래서 그다음 날은 교무실에서 벌칙을 수행하게 하려고 S를 탁자에 앉혔다. 벌칙으로 미덕 카드를 뽑아 종이에 옮겨 적으려는데 반 아이들이 들어왔다. S가 휴대폰을 제출하지 않은 것을 이르러 온 것이다. S는 애들 말을 듣다가 화를 내며 벌떡 일어나 교무실을 나가 버렸다. 청소 당번일 때도 그렇게 가 버리기 일쑤였다. 할 수 없이 남아서 청소를 하는 날이면 "아, 내가 세상에서 제일 싫어하는 게 청소야."라고 했다. 나는 듣고도 모르는 척했다.

S가 내 말을 철저하게 무시하고 있다는 느낌을 강하게 주는 사건들이 연이어 일어나던 어느 날, 나는 교실 한구석에서 S와 이야기를 나누었다.

"내가 너한테 잘못한 거 있니?"

"아니요."

"근데 넌 나를 왜 이렇게 막 대해?"

"……."

나는 내가 이 아이한테 교사 역할을 하고 있다는 생각을 지우고 한 인간으로서 말을 시작했다. 어린 시절 친구랑 다툴 때나 하던 말이 내 입에서 흘러나왔다. 말끝에 힘을 주며 또박또박 말을 뱉어 내려고 했지만 목소리가 떨리는 걸 감추기가 어려웠다. 그날따라 햇살은 눈이 부시게 교실로 쏟아져 들어와 내 시야를 흐렸다. S는 앞을 보고 있다가 천천히 고개를 돌려 놀란 눈으로 내 표정을 살폈다. 나는 S의 시선을 피한 채 말을 이어 나갔다.

"나는, 우리 집에서, 우리 엄마, 아빠한테, 귀한 딸이야. 그리고 우리 남편한테, 귀한 아내야. 내, 아들, 너랑 동갑인 그 아들한테는, 귀한 엄마라고. 네가 이렇게! 함부로! 막 대해도 되는, 그런 사람이 아니라!"

나는 자존심이 상했다. 애 앞에서 울컥해서 말하고 있다는 사실이 너무 창피해서 어디에든 숨고 싶었다. '자존심 상한다'고 내가 인식하게 되었다는 사실 자체가 더 자존심 상했다. 내가 아들 또래의 애한테 무시당하며 살고 있다는 생각에 이르자 모멸감과 치욕스러움이 몰려왔다. 하지만 더 이상 나는 상처받지 않은 척, 강한 척을 하며 S가 던지는 말 쓰레기를 받아 낼 수가 없었다. 그렇다. S가 막말을 하거나 나를 무시하는 행동을 할 때마다 나는 쓰레기 같은 각종 오물로 더럽혀지는 느낌을 받았다. 이제는 내가 나를 아껴 주고 싶었다. 그래서 마음먹고 했던 말이다. 그냥 욱해서 나도 모르게 나온 말이 아니었다.

그날 이후, S의 행동은 그대로였지만 눈빛은 좀 순해졌다. 말해 놓고 너무 창피했던 나는 이 변화를 기뻐해야 할지 슬퍼해야 할지 가늠하기 어려웠다.

 '나는 왜 교사를 하고 있을까? 내가 애한테 이런 무시나 받으려고 끊임없이 더 좋은 수업 방법을 연구하고 상담 실습을 다니며 나를 단련했던 게 아닌데…….'

 기운이 뚝 떨어지고 아무것도 하기 싫어졌다. 마음 같아서는 한 며칠 어디 조용한 절에라도 들어가 쉬고 싶었다. 그렇지만 나는 당장 내일 학교에 가야 하고 상한 마음을 추스르며 아무렇지도 않다는 듯이 수업을 해야 했다. 비참하고 서글펐다. 계속해서 '학교에 학생이 S 하나만 있는 것이 아니지 않은가. 그래, 예쁜 아이들을 보자. 눈망울 반짝이며 수업을 듣고 골똘히 생각하고 토론하면서 나날이 성장해 가는 애들이 있잖아.' 하고 스스로를 다독여 봤지만 이미 상할 대로 상한 마음은 쉽게 싱싱해지지 않았다. S가 왜 그런 행동을 하는지 이해해 보려 해도 좁아진 내 마음엔 바늘 하나 꽂을 곳이 없었다. 나에게서 원인을 찾아보려다 나랑 잘 지내는 다른 애들을 방패로 그 생각을 막았다.

 대신 책을 읽었다. 잘 가르쳐 보겠다는 마음을 잃은 나를 온전히 이해해 주면서도 용기를 불어넣어 주는 책, 색색으로 밑줄을 그으며 몇 번을 읽었던 『가르칠 수 있는 용기』를 집어 들었다. 그런데 마음이 심란해서 그런지 글이 눈에 잘 들어오지 않았다. 후루룩 넘기며 훑어보다가 '교사가 가르치려는 마음을 잃는 때'라는 소제목에서 눈이 멈췄다.

"교직은 매일 마음의 상처를 받는 직업이기 때문에 우리는 용기를 잃는다."

"반드시 교실에서 알몸으로 서 있는 기분을 느껴야만 용기를 잃는 것은 아니다."

이 말은 상처받고 가르칠 마음을 잃는 것이 당연하고 자연스럽다고 말해 주는 것 같았다. 내가 받아들여지는 느낌이 들었다. 그래, 교직이란 게 그렇지. 커다랗고 강렬한 사건이 생겨야만 힘이 드는 게 아니고 매일, 매시간 스치듯 지나는 한마디에도 마음에 스크래치가 그어지는 거잖아. 열심히 준비해 간 수업에서 엎드려 자는 아이를 볼 때, 활동을 제시했는데 "그거 안 하면 어떻게 돼요?"라는 질문을 가장 먼저 들을 때 내 심장이 스윽 베어지는 느낌이다. 큰 타격은 없지만 조금씩 가슴이 졸아드는 기분.

'S는 왜 그랬을까?' 나는 이 질문보다는 내 상처를 붙들고 울고, 분해서 주먹을 부르르 떠는 데에 몰두했다. 내 뇌 구조 어느 구석도 그 애를 위한 공간으로 내어 주긴 싫었다. 상처라고 명명하고 실컷 토해 내고 난 지금은 마음에 쿠션이 생겼는지 S의 마음을 들여다볼 수 있게 되었다. 자신은 하기 싫은 수업 활동을 다른 친구들이 따르도록 노련하게 설득해 내는 교사에게 그럴 듯한 근거를 대며 반박하고 싶은 마음과, 상황이 제 뜻대로 흘러 가지 않는 데서 오는 답답함, 그렇다고 자신의 생각을 굽히기는 싫은 당당함. S의 폭발적인 에너지를 그때의 나는 감당하기 힘들었던 게 아닐까.

운명인지 악연인지 S가 진학한 고등학교에 내가 2지망으로 발령이 났다. 이번에는 어떤 역학 관계로 만나게 될지 조금 떨리는 봄이다.

노동하는 밥,
시장의 밥

○

박찬일

요리사들은 뭘 먹는지 궁금해하는 사람이 많다. 매일 요리를 주무르는 사람들이니까 뭔가 특별한 걸 먹는다고 생각하는 모양이다. 대답부터 하면, 참 허술하게 먹는다. 식단을 짜서 제대로 먹는 경우는 드물고 허드레 음식이 요리사들 차지다. 팔고 남은 재료, 유통 기한이 임박한 재료, 손질하고 남은 재료가 요리사들 밥이다.

예를 들면 갑자기 고등어로 며칠을 때우는 경우가 있는데, 손질해 놓은 고등어 요리의 주문이 적을 때 그런 일이 생긴다. 예전에 일본 방사선 누출 사건이 생겼을 때 뒤숭숭한 여론이 손님들의 선택에 영향을 주었고, 결국 그 고등어는 요리사들 입으로 들어가고 말았다.

국내산 원산지 증명서를 받아 놓고 있는다 하여 손님 마음을 다 돌릴 수 있겠는가. 최근에는 고등어 구이가 초미세 먼지 발생의 주범처럼 알려지면서 고등어 주문이 줄었다. 초미세 먼지가 나와도 손님들이 마실 리는 없는데도 그렇다. 고등어가 뭘 죄람, 이러면서 고등어 찌개에 구이에 튀김에 조림에 샌드위치까지 해 먹고 만다.

이뿐만 아니다. 대체로 하루 종일 기름 냄새를 맡고 음식 연기를 쐬고 있으니 입맛이 있을 리 없다. 손님이 많아 일이 밀려서 대충 국수나 라면을 삶아 해결하기도 한다. 단언하건대, 한국에서 가장 라면을 많이 먹는 직업군은 바로 요리사일 것이다. 한 브랜드로 질려버리니 온갖 라면 요리법이 동원된다. 근자에 맛있게 먹은 건 고등어 라면이었다. 싱싱한 고등어를 포 떠서 그냥 라면에 넣고 끓이면 아주 삼삼한 맛이다. 결국은 고등어 처분 타령이 되었군.

외국의 요리사라고 해서 별난 걸 먹는 건 아니다. 요즘은 SNS로 외국 요리사들과 친구를 맺는다. 일본은 요리사들이 먹는 음식을 '마카나이'라고 부른다. 수북하게 푼 흰쌀밥, 된장국, 채소 절임에 생선 한 토막, 또는 손질하고 남은 재료로 만드는 파스타가 SNS에 많이 올라온다. 서양 요리사 친구들도 올리는데, 샌드위치 아니면 파스타다. 간혹 스테이크를 써는 장면이 올라오면 "역시!" 하고 감탄(?)을 한다.

요리사는 참 불행한(?) 직업 중의 하나다. 남들 놀 때 그들의 행복을 담보해 주는 게 요리사다. 가족과의 행복한 저녁 식사, 이런 건 남의 세계다. 일을 마치면 이미 심야이고, 집에 가면 아이들은 잔다. 일 마치고 동료 요리사들과 소주라도 한잔하는 게 그나마 낙이다. 간혹 잡지사에서 '요리사의 단골집' 뭐 이런 아이템을 취재하는 경우가 있다. 나로 말할 것 같으면 매우 간단하다. '문 연 집'이다. 문이 열려 있으면 어디든 간다. 한여름, 냉면 추렴을 하고 싶어도 일 끝날 때까지 문 여는 집이 없어서 오후에 짬을 내어 택시를 타고 가 겨우 한 그릇 들이켰던 기억도 있다.

요리사들은 멋지고 풍요로운 음식을 준비하지만, 정작 그들은 고흐의 그림에 나오는 '감자 먹는 사람들' 같다. 겨우 돈을 추렴해서 돼지고기나 굽고, 소주병을 쓰러뜨리는 게 고작이다. 당장 다음 날 출근이 걱정되어 심야에 시작하는 요리사들의 회식은 아주 급하다. 거푸 술잔을 비우고 재빨리 탄 고기를 우물거린 후 부리나케 막차를 향해 달린다. 그들의 피곤한 뒷모습을 보면서 나는 착잡하다. 이 땅의 쓸쓸한 노동 형제들의 굽은 등이 보인다. 나는 우리 식당에서 어떻게든 식단을 짠다. 좋은 재료로 요리사들에게 음식을 만들어 먹이려고 한다. 그나마 내가 할 수 있는 일이다.

한번은, '스시효'의 안효주 주방장에 대한 평을 들었다. 그곳에서 일했던 정호영 요리사의 경험이었다.

"늘 최고의 재료를 사서 직원들 식사를 하라고 하는 분이었어요.

그러기 쉽지 않거든요."

안 주방장의 인격이 느껴졌다. 나도 그렇게 따라 하려고 한다. 그런데 아직 모자라다.

언젠가 직장에서도 잘리고, 허름한 목로에서 빈둥거리며 낮술을 한잔하고 있었다. 불콰하도록 술을 마시면서 쓸데없는 농담을 주고받는데, 목에 수건을 두른 노동자가 두엇 들어와서 국수를 시켰다. 그들이 후루룩 소리 요란하게, 왕성한 식욕으로 국숫발을 삼키는 광경을 물끄러미 보았다. 나는 너무도 부끄러워서 술잔을 내려놓았다. 대낮의 술 추렴 탁자는 그걸로 끝났다. 창피해서 얼른 셈을 치르고 목로 밖에 나오니, 햇볕이 쨍쨍 내리쬐고 있었다. 아마도 인생 최대의 지독한 숙취였다고 기억한다.

노동하는 이들의 식탁은 진실하다. 그것이 곧 생산으로 이어지는 신성함이 있기 때문이다. 한겨울 새벽에 장을 보면, 내가 먹는 밥도 아닌데 목이 멜 때가 있다. 막 짐을 부려 놓고 추운 길가에서 식은 밥을 먹는 사람들이 보이는 까닭이다. 시장이란 본디 툭 터진 노상이라 바람 가릴 막조차 없게 마련이다. 배달받아서 먹는 그들의 밥상이 초라해 보이지는 않지만, 먹먹해지는 감정은 어쩔 수 없다. 그나마 배달이라도 받아 뜨신 밥을 드는 축은 낫다고 할까. 시장 노점에서 초라한 도시락밥을 꺼내 국물도 없이 삼키는 할머니들을 보면, 아 이놈의 세상이라는 탄식이 절로 나온다.

부산 자갈치 시장에서 아주 흥미로운 수레를 본 적이 있다. 밥과 국, 몇 가지 반찬을 실은 이동 밥 수레가 인파를 뚫고 들어와 노점에 나앉은 아낙들 사이에서 밥을 퍼 주고 있었다. 내게는 그때 찍은 사진 한 장이 있다. 이방인의 카메라를 물끄러미 보며, 머릿수건을 쓴 채 밥을 밀어 넣고 있는 이의 피곤한 표정이 드러난다. 이런 장면에서 여행자의 우수를 느낀다는 건 일종의 모독이다. 누가 그러거나 말거나 바닷바람이 들이치는 자갈치의 억센 반 뼘짜리 노점에서 그들은 지금도 그렇게 노동의 밥을 먹고 있을 것이다.

　흔히 말하기를, 이제는 누구나 양껏 따뜻한 밥을 먹을 수 있게 되었으니 세상살이가 얼마나 좋아졌느냐고 한다. 그러나 노동 현실은 그렇지도 못하다. 가장 근본적인 밥 한술에서 이미 차별의 식탁이 차려지고 있으니 말이다. 소설가 김훈 선생이 한 인터뷰를 통해 한 끼니의 밥에서 차별이 발생하는 현실에 대한 걱정을 말한 적이 있다. 5,000원이던 밥값이 1만 원과 3,300원으로 분리되는 세상을 걱정한 것이다. 밥은 물리적으로 열량이지만 사회적으로는 곧 계급이기도 하다. 당신의 점심상에는 어떤 음식이 올라오는지, 그리고 그 밥 한술이나마 편히 뜨고 있는지 궁금해진다.

#우리

#모두가

#남의집

#귀한자식입니다

땀의 소외

나의
알바기

○

최은정

첫 경험의 쓰라린 기억

2006년 여름, 지방에서 올라온 내게 서울은 무서운 곳이었다. 혹시나 소매치기를 당하지 않을까 하여 지하철을 탈 때면 가방을 꼭 앞으로 맸고, 물건을 살 때 사투리를 쓰면 시골에서 온 줄 알고 사기를 칠 것 같아 억지 서울말을 구사했다. 그래서 처음 아르바이트를 하기로 결심했을 때 걱정이 이만저만이 아니었다. 정상적인 회사인 줄 알고 갔다가 인신매매 조직에게 납치를 당하면 어쩌나, 사장이 월급을 떼먹고 도망을 가면 어쩌나. 그래서 난 당시 내가 보기에 신원이 확실하고 돈도 제때 줄 것 같은 곳에 이력서를 냈다. 유명한

패스트푸드점이었다.

"손님이 주문한 내용은 1분 안에 다 처리해 드려야 해요." 점장님은 신참인 나에게 이 말을 몇 번이고 반복하셨다. 그러나 행동이 느린 내게 속도가 생명인 그곳은 2주일을 일해도 적응하기 힘든 공간이었다. 정신없이 주문을 받고 콜라와 햄버거를 나르다 보면 혼이 빠져나가는 기분이 들었다. "이 소고기 패티 싸구려죠?" 그 바쁜 와중에 한낱 아르바이트생에게 소고기 패티의 질을 따지는 손님을 만나서 발을 동동 굴렀던 순간도 있었다. 주문받은 것도 아직 처리하지 못했는데, 주문을 하지 않은 손님들까지 뒤에서 짜증을 내고 있으니 심장이 쪼그라드는 기분이었다. 그냥 유니폼을 벗고 밖으로 뛰쳐나가고 싶었다. 그렇다고 손님이 뜸한 시간도 편하진 않았다. 점장님의 눈치를 보며 없는 일도 만들어 해야 했다. 케첩 봉지를 괜히 다 꺼내서 일렬로 말끔히 정리하고, 냅킨 양이 충분한데도 더 꺼내 놓았다. 시간을 견딘다는 게 이런 거구나 싶었다.

그러던 어느 날이었다. 그날은 계산대를 맡지 않고 감자를 튀기고 있었는데, 매니저 언니의 실수로 감자와 함께 기름에 펄펄 달궈진 팬이 내 팔을 스치고 지나갔다. "엄마!" 외마디 비명을 지르며 얼른 싱크대로 달려가 발개진 팔을 찬물에 댔다. 따끔거리는 살 위로 물집이 꽤 크게 생겼다. 그러나 상처를 씻고 제자리로 돌아온 내게 매니저 언니는 미안하단 말을 하지 않았다. 괜찮냐는 그 쉬운 말조차 건네지 않았다. 그 대신 "사회가 다 그런 거야."라고 무심한 말만 툭 던졌다. 다른 아르바이트생들 역시 여기서 그 정도 화상을 입는 것은 예삿일인 듯 대수롭지 않게 넘기는 분위기였다. 억울하지만 아무 말도 할 수가 없었다.

결국 아픈 걸 참고 일할 시간을 다 채운 뒤 가게를 나섰다. 그 순간 문에 붙어 있는 아르바이트생 모집 광고 포스터가 눈에 들어왔다. '○○○○와 함께 여러분의 꿈을 키우세요!', '4대 보험 보장!' 피식, 웃음이 나왔다. 내게 그 흔한 후시딘 연고 하나 건네지 않던 그곳은 참 멋지게 자신들을 포장하고 있었다. 아까 매니저 언니가 한 말이 떠올랐다. "사회가 다 그런 거야." 나의 첫 알바는 그렇게 씁쓸하게 끝이 났다.

미스 최가 되다

그곳을 나온 후엔 되도록 사무직 아르바이트를 구하려고 애썼다. 그래서 2학년 여름 방학부터는 변호사 사무실에서 일을 했다. 엄마는 딸이 변호사 사무실에서 일한다는 사실을 무지 자랑스럽게 여겼지만, 사실 내가 거기서 한 일은 전혀 거창한 게 아니었다. 하루 종일 은행을 돌며 파산 신청자들의 부채 증명서를 발급받는 단순노동이었다. 한여름에 오전부터 은행이 문을 닫기 전까지 하루 종일 이

은행 저 은행을 돌아다녀야 해서 사무직이라기보다는 거의 육체노동에 가깝긴 했지만, 이전에 한 어떤 일보다도 난 그곳의 일이 편하고 좋았다. 나를 감시하는 듯한 눈초리로부터 장시간 떨어져 있을 수 있었으니까.

그러나 나를 '미스 최'라고 부르는 사무관 아저씨들의 목소리만큼은 좀처럼 견디기 힘들었다. 내 이름이 멀쩡하게 존재하건만, 그들은 마치 이 세상에 미스 최라는 이름밖에 없는 것처럼 연신 미스 최를 불러 댔다. "미스 최, 커피 한 잔만.", "미스 최, 쓰레기통 좀 비워 줘.", "미스 최, 이거 두 장만 복사해 와." 등. 처음엔 그러려니 하고 애써 담담해지려고 노력도 해 봤다. 하지만 "스물한 살이면 꽃띠로군."이라고 말하며 나를 훑어보는 사무관 아저씨의 기름진 시선을 경험한 뒤 깨달았다. "아, 이 아저씨들 나를 '여자'로 보는구나." 살짝 충격이 밀려왔다.

이전까진 어른들에게 내가 그저 학생으로만 인식될 거라 생각했다. '여성'이라는 정체성보단 '학생'이라는 정체성이 당연히 먼저일 거라 여겼다. 그런데 나를 스물한 살의 꽃띠 여자로 보는 사람을 만나니 무서웠다. 학생이라는 보호막이 사라지고 그냥 발가벗겨진 채로 세상에 던져진 느낌이랄까. 그것도 남자가 아닌 여자로서, 여전히 미스 최에게 커피 한 잔만을 외치는 아저씨들이 당당하게 존재하는 세상에 말이다.

그날 이후로 나는 조금 움츠러들었다. 어쩌다 같이 일하는 언니가 먼저 퇴근해 사무관 아저씨 중 한 분과 사무실에 단둘이 남기라도 하는 날엔 경계심에 일도 제대로 하지 못했다. 어쩔 수 없이 생기는 공포심은 나 자신도 막기가 어려웠다. 여자로 비치는 것이 싫어서 이전보다 더 심하게 안 꾸미고 다니기도 했다. 몸매가 드러나지 않는 헐렁한 티셔츠와 청바지, 운동화, 질끈 묶은 머리가 나의 기본 차림새였다. 내 자신이 여성임을 깨달은 순간 오히려 '여성'이 되길 거부함으로써 갑작스레 내 삶에 찾아온 두려움을 벗어나려 애썼다. 나의 젊음이나 여성성을 이점으로 이용할 마음도, 그럴 배짱도 없었기에 더욱 그랬다.

친절은 어떻게 만들어지는가

이후 다른 곳에서 몇 번 더 아르바이트를 하면서 세상에 그런 아저씨들만 존재하는 건 아니란 걸 알게 됐다. 내가 만난 사회엔 "은정 씨."라고 정중하게 내 이름을 불러 주거나 그냥 딸 대하듯이 "은정아."라고 이름을 불러 주는 어른도 많았다. 3학년 가을에 일한 회사 사무실 분들도 그랬다. 그곳의 어떤 분도 아르바이트생들에게 함부로 반말을 한다거나, 자기가 해야 할 일을 아르바이트생에게 은근슬쩍 떠넘기는 비양심적인 행동을 하지 않았다.

단순 사무직인 줄 알고 찾아간 그곳에서 내가 맡은 일은 대출금 상환 방법을 전화로 안내하는 일이었다. 처음 상담 전화를 받았을 땐 어찌나 떨리는지 준비해 놓은 원고를 그대로 읽는 것조차 버거웠다. 그러나 이내 일에 익숙해졌고 음성 변조까지 자유자재로 구사하는 수준이 되었다. "너 전화받을 때 목소리 완전 달라져."라며 같이 일하는 아르바이트생 언니들은 감탄했다. 상담하는 순간만큼은 친절한 은자 씨였다.

그러나 오전 9시부터 오후 6시까지, 점심시간 한 시간을 제외하고 계속해서 수화기를 붙잡고 말을 하는 건 쉬운 일이 아니었다. 특히나 상담이라는 일이 계속해서 내 감정을 부정해야만 하는 일인지라 스트레스가 날로 쌓여 갔다. 상담을 통해 만나는 고객과 난 결코 동등한 인간일 수 없었다. 고객의 생각과 감정을 존중하기 위해선 내 생각과 감정을 죽여야만 했다. 화가 나도 참고, 짜증이 나도 참고, 울고 싶어도 참고, 전화를 끊고 싶어도 참아야지. 세상은 이런 걸 '서비스 정신'이라고 불렀다. 자기가 말도 안 되는 요구를 해 놓고 오히려 "일을 그 따위로 하면서 돈을 받아요?"라며 화를 내는 고객을 만나도 내가 할 수 있는 말은 "죄송합니다."라는 말뿐이었다.

일이 끝나면 하루 동안 억눌린 감정을 쏟아 낼 곳이 필요했다. 만약 그때 친구와 같이 살지 않고 혼자 기숙사에서 살았다면 그 일을 금방 그만뒀을지도 모른다. 친구에게 오늘 하루 만난 진상 고객들 욕을 하고 나면 그나마 가슴이 조금 후련해졌다. "나도 사람이거든? 니들만 감정 있는 거 아니거든?" 하루 종일 하고 싶었던 이 한마디를 집에 와서야 털어놓을 수 있었다. 고객은 왕이니 어쩌니 하는 헛소리를 다신 내 입 밖으로 꺼내지 말자고 다짐한 게 이때다. 친절과 서비스 정신은 누군가가 자신 역시 감정을 지닌 인간임을 끊임없이 부정당하는 가운데 탄생하는 것임을 알게 되었기 때문이다.

미화는 이제 그만

요즘은 되도록 교내에서 하는 아르바이트를 구하려고 애쓴다. 학교 밖보다 천 원 정도 높은 시급, 기숙사에서 가까운 거리 때문만은 아니다. 근 4년간 아르바이트를 하면서 어떤 일을 하든 느꼈던 기분, 즉 내가 한 시간에 4,000원짜리 노동력에 불과하다는 사실을 깨달을 때마다 든 불쾌함이 너무 싫어서였다. 4,000원을 지불했으니까 그 시간 동안 자신이 나를 지배할 수 있다는 듯 구는 고용주들. 시간당 2만 원을 주는 과외라고 불쾌함이 가시는 건 아니었다. 오히려 돈을 많이 줄수록 마치 나라는 인간을 통째로 사 버린 것처럼 멋대로 대하는 경우가 많았다. 돈을 준 만큼 값을 해라. 그들이 아르바이트생에게 요구하는 건 단순해 보였지만 대체 4,000원어치만큼의 노동이란 게, 그리고 2만 원어치만큼의 노동이란 게 어떤 건지 알지 못했던 나는 그저 눈치를 보며 쉬지 않고 몸을 움직일 수밖에 없었다. 교내 아르바이트는 그나마 상대적으로 그런 압박감이 적어서 선택한 대안이었다.

젊어서 고생은 사서도 하지 않느냐고 어떤 이는 말한다. 물론 이 말에 아예 동의하지 않는 건 아니다. 아르바이트를 통해 내가 번 돈으로 내 생활을 직접 꾸려 나가는 경험도 해 볼 수 있었고, 부모님과 선생님이 아닌 어른들을 어떻게 대해야 하는지도 배울 수 있었다. 사람들은 생각보다 다른 이의 실수에 훨씬 인색하며, 그로 인해 상처를 받더라도 혼자서 이겨 내야 한다는 사실도 배웠다. 팩스를 보내고 복사기를 사용하는 법도 일을 하면서 배웠다. 가끔은 문서를 뒤집어 팩스를 보내 혼난 적도 많지만 아무튼.

그렇다 하더라도 실제 20대가 하는 아르바이트가 어떤 일들인지, 그들을 둘러싼 근로 환경이 어떠한지는 보지 않고 그저 젊은이들의 고생을 찬양한다면 그건 너무 무책임한 일이 아닐까. 1분 서비스와 같은 바쁜 노동에 쫓겨 누군가 화상을 입든 말든 타인의 고통에 무뎌지게 만드는 노동 현장, 젊은 여자 직원에게 야릇한 시선을 흘리는 나이 든 남자 직원, 이런 게 사회생활이라며 폭탄주를 강권하는 상사, 욕을 해 대는 고객에게도 끝까지 친절하라고 요구하는 회사. 이 모든 걸 '땀 흘리는 청춘' 따위의 근사한 말 속에 욱여넣어 버릴 수 있는 걸까. 게다가 이게 젊은 시절 잠깐 겪을 고생이라는 생각도 들지 않는다. 앞으로 전개될 미래의 예고편 같아서 자꾸만 "미래야 오지 마라." 하고 외치게 된다. 그냥 평생 학교 담장 안에서 살고 싶다는 바람은 이 예고편과 함께 시작된 걸지도 모른다.

우리들의 고생을 미화하기 전에 우리가 처한 노동 현실부터 똑바로 봐 줬으면 좋겠다. 더 나아가 일해야만 하는 세상이 아니라 일하고 싶은 세상을 만들었으면 좋겠다. 지금과는 다른 멋진 예고편을 기대하는 것은 정녕 무리인 걸까.

남성 고수익 아르바이트
구합니다

○

김영호

    한 해의 마지막 시험이 끝나고 한 학기가 끝났다. 건물 틈으로 산에서 불어오는 찬 바람이 들어왔다. 집으로 돌아가려고 건물을 빠져나오며 생각했다.

"통장에 돈이 없네."

    시험을 보기 전 나는 고깃집에서 아르바이트를 3달 동안 했다. 고깃집 알바는 몸이 굉장히 힘들다. 여기에 엎친 데 덮친 격으로 주휴수당도 안 챙겨 주고, 월급도 정해진 날짜 없이 자기가 주고 싶을 때 주는 이상한 사장을 만나서 나는 몸도 마음도 개고생 중이었다. 아르바이트비가 언제 들어오냐고 묻는 것도 무언가 눈치 보이는 일이었다.

 세 번째로 월급날이 뒤로 밀리자 '왜 매번 내가 일한 대가를 눈치 보면서 받아야 한단 말인가.' 하는 생각이 들었다. 마침 때는 대학생이 아르바이트를 가장 그만두고 싶어 한다는 시험 기간. 나는 그길로 고깃집 아르바이트를 그만두었다. 그렇게 시험이 끝날 때까지 한두 달 동안 알바를 쉬며 벌어 둔 돈(이라고 해 봐야 얼마 안 되지만)을 야금야금 까먹으며 지냈는데, 시험이 끝남과 동시에 내 통장 잔고도 끝나 버렸다. 방학 동안 집에 붙어 있으면 사실 돈 쓸 일이 별로 없지만 나는 집에 잘 붙어 있지 않았다. 그리고 밖에 나오면 모든 것이 돈이다. 밥, 음료, 담배, 버스 등등. 좋든 싫든 다시 알바를 시작할 때라고 생각한 나는 집에 돌아와 '알바 천국' 사이트에 들어갔다.

 다음 학기에 쓸 돈도 벌어 둘 요량으로 주 5일 하는 아르바이트를 찾았다. 하지만 방학이 되면 주 5일 일하려는 대학생은 늘어나고, 그 수가 늘어난 만큼 일자리는 줄어든다. 그러다 보면 남는 아르바이트 자리는 거의 항상 똑같다. 텔레마케터와 택배 상하차, 호텔 서빙 그리고 술집. 텔레마케터는 남자를 잘 뽑아 주지 않고 택배 상하차는 너무 힘들다. 이번 방학도 그냥 음식점 일을 해야 하나 고민하던 중 한 아르바이트 자리를 발견했다.

 "남성 고수익 아르바이트 구합니다"

 월급 300이라는 숫자는 가난한 대학생을 유혹하기에 충분한 액

수였고, 나는 찾아온 기회를 놓칠세라 마우스를 급히 움직여 그 문구를 클릭했다. 성인 인증을 하라는, 아르바이트를 4년 해 본 이래로 처음 겪는 일을 마주쳤지만, 그 당시에 난 별로 신경 쓰지 않았다. 성인 인증을 한 뒤 적혀 있는 전화번호를 휴대폰으로 한 글자 한 글자 옮겨 적고 문자 메시지를 보냈다.

"알바 천국 보고 연락드립니다. 혹시 아르바이트 자리 남았나요?"

그날 답장은 오지 않았다. 카톡이었다면 읽었는지 정도는 확인할 수 있는데 문자 메시지는 확인할 수도 없고 답답한 노릇이었다. 직접 전화를 걸기엔 자존심이 상하는(?) 일이었다. 그렇게 고수익 아르바이트는 물 건너가나 싶었는데, 그다음 날 밤 도서관에서 만화책을 보고 있던 나에게 답장이 왔다.

"본인 사진 3장만 보내 보세요."

술집이라더니 얼굴을 보고 뽑는 건가. 바텐더 같은 일인가. 그때까지도 나는 무언가 잘못되었다는 사실을 인지하지 못했다. 외모 지상주의에 치를 떨면서도, 나는 최대한 잘 나왔다고 생각되는 사진 세 장을 필사적으로 골라서 보냈다. 또 한동안 답장은 오지 않았고, '내 얼굴이 거절당한 건가?' 하는 생각을 하면서 슬리퍼를 터덜터덜 끌며 집으로 돌아왔다.

지원자와 밀당을 하는 건지(그렇다면 그 효과는 뛰어났다고 하겠다.), 답장은 또 다음 날 왔다.

"내일 면접 가능한가요?"

"네, 내일 괜찮습니다."

"그럼 내일 6시까지 홍대입구역 3번 출구로 오세요."

나는 다음 날 저녁 홍대입구역으로 향했다. 내 얼굴이 먹힌 건가 싶어 뿌듯하기도 하고, 오랜만에 면접을 본다는 생각에 그저 기뻤다. 하지만 홍대입구역에 도착했을 때, 뭔가 이상하다는 것을 느꼈다. 면접 장소를 알려 주지 않고, 그저 계속 어디 방향으로 오라는 말만 해 주었기 때문이다. '가게로 오라고 하면 그냥 한 번에 찾아갈 텐데⋯⋯.' 비효율적이라고 생각하며 번화가에서 벗어나 골목골목으로 들어갔다.

"빵빵!"

골목길을 헤매며 면접 담당자에게 문자를 보내던 내 뒤에서 SUV 차량 한 대가 경적을 울렸다. '설마?' 하며 돌아보자 앞 창문이 내려가더니 차에 탄 사내가 나에게 말을 걸었다.

"면접 보러 오신 분 맞죠?"

"네? 네, 맞긴 한데⋯⋯."

"뒤로 타세요."

면접을 그동안 많이 봤지만 차에서 보는 면접은 처음이었다. 잠시 당황한 나는 이내 '그런가 보다.' 하고 생각하며 차에 올라탔다. 조수석에도 사람이 앉아 있었다. 주변이 어두워 앞에 앉은 두 사람의 얼굴은 보기 힘들었다. 운전석에 앉은 남자의 눈을 가끔씩 백미러로 볼 수 있을 뿐이었다.

"키가 몇이죠?"

"173입니다."

"그건 깔창을 깔면 되고. 렌즈 끼시나요?"

"아니요. 껴 본 적 없습니다."

"흠, 안경을 끼면 초이스가 안 되는데."

남자는 다짜고짜 내 키를 물어보더니, 초이스가 안 된다는 말을 했다. 이게 무슨 상황인가. 내가 당황한 것을 느꼈는지 조수석에 탄 남자가 운전석에서 내게 질문하던 남자에게 귓속말을 몇 마디 했다.

"어……. 이런 곳에서 일해 보신 적 있으세요?"

"이런 곳이라니 어떤……."

"저희는 맨 바예요."

"네?"

"맨 바(man bar)라고요."

술집의 종류인가 싶어서 설명을 들어 보니, 흔히들 말하는 호스트 바였다. 나는 호스트바에서 호스트로 일하는 '고수익 아르바이트'에 지원했던 것이었고 그 면접을 보는 중이었다. 운전석에 앉은 사람은 계속 설명을 이어 나갔지만 나는 그 순간 머릿속에 생각이 팽창하여 거의 알아듣지 못했다. 인센티브가 어떻고 근무 시간이 어떻고 잘만

하면 어떻고······.

그렇게 설명이 끝나고 잠시 침묵이 흘렀다. 어떤 말을 꺼내야 좋을지 몰랐다. 운전석의 남자가 먼저 입을 열었다.

"하, 그럼 생각해 보시고 연락 주시겠어요?"

"네? 네! 그럼 생각해 보고 연락드릴게요."

나는 차 문을 열고 나와 골목을 빠져나왔다. 뒤를 돌아보고 싶었지만 돌아보면 안 될 것 같았다. 가슴에 누군가 줄을 매달아 놓아서 그 줄에 끌려가듯 부자연스럽게 주변이 환한 곳으로 나왔다. 환한 곳으로 나와서도 나는 잠시 주변을 돌아다녔다.

"호스트바라고, 호스트바······, 월 300만 원······."

혼잣말을 중얼거리며 홍대 길거리를 배회하던 내 앞에 옛날에 친구와 같이 왔던 적이 있는 파란 간판의 냉면집이 나타났다. 거리는 어두웠지만 냉면집은 간판도, 내부도 환했다. 나는 냉면집으로 들어가 물냉면 하나와 만두 하나를 시켰다. 돈도 없는 주제에 한 끼에 1만 4,000원을 쓰다니. 자책하며 음식을 기다렸다. 하지만 입이 허전했던 나는 무언가 집어삼킬 것이 필요했다.

음식이 나오고 나는 차가운 냉면과 뜨거운 만두를 번갈아 가며 입에 쑤셔 넣었다. 1만 4,000원이라는 가격이 무색하게 음식은 빨리도 사라져 갔다. 가는 냉면 면발을 젓가락으로 휘휘 젓다가 왠지 착실하게 살아야겠다는 생각이 들었다. 호스트바라는 직장을 비하하는 것은 아니었다. 그냥 그런 생각이 문득 들었을 뿐이다. 이 냉면과 만두는, 착실하게 살자는 마음을 먹은 나에게 주는 선물이라고 속으로 되뇌었다. 속이 차가워지며 냉정을 되찾게 되었다. 그냥 겨울에 냉면을 먹어서 그런 것인지도 모르겠다.

음식점을 나와 홍대입구역으로 향했다. 나는 지하철역으로 내려가며 휴대폰으로 '알바 천국' 사이트에서 구인 공고를 뒤적거렸다. 알바 자리는 여전히 그저 그런 자리밖에 없었다. 텔레마케터와 택배 상하차, 호텔 서빙 그리고 술집. 돈은 적게 받을지라도 고수익 아르바이트보다는 낫지 않겠냐는 생각을 하며 그중 어느 한 곳에 문자를 보냈다.

손님과 손놈
그리고 사기꾼

○

강자경

편의점 아르바이트를 1년 2개월 정도 했다. 2012년에 7개월, 2014년에 7개월. 그렇게 일을 하면서 별의별 손님을 다 만나 봤다. 아니, 손님이 아니라 '손놈'을 만나 봤다.

가장 흔하면서도 기분 나쁜 손님은 투명 인간 손님. 분명히 내가 인사를 했는데 투명 인간이 인사한 듯 못 본 척하거나 손님이 돈을 내밀어서 받으려 하는 순간 테이블에 휙 던지거나 잔돈을 주려고 손을 내밀면 팔짱 끼고 먼 산을 보는 행동. 아니, 아르바이트생 인사 받아 주는 게 그렇게 어렵나? 아니, 손님, 당신 꿈이 야구 선수였나? 왜 자꾸 던지고 지랄이야. 아니, 내가 뭐 전염병 환자라도 되나? 내

손 닿으면 손이 썩어 문드러지기라도 하나? 참, 어이가 없다. 이런 손님들은 너무 흔해서 하루에 한 번이라도 안 마주치면 오히려 어색한 날이 된다. 흔해도 기분 나쁜 건 마찬가지. 그런 손님들은 나갈 때도 다른 곳을 쳐다보며 인사를 하거나 아예 인사를 안 한다. 웃긴 게 내가 인사를 안 하면 또 뚫으셔라 쳐다본다. 어쩌란 거야?

나를 투명 인간 대하듯이 하는 손님이 분노 지수 1이라면 반말 쓰는 손님은 분노 지수 3 정도 될 것이다. 나이 많으신 분들은 거의 대부분 반말을 쓴다. 60대 정도 되어 보이는 아저씨들은 존댓말을 아예 안 배운 사람들인 양 처음부터 끝까지 반말로 일관한다.

"아가씨, 우유 어디 있어?"

"심플 1밀리그램."

이런 식으로, '요' 딱 한 글자 더 붙이는 게 그렇게 어렵고 자존심 상하는 일인가? 물론 나보다 나이가 많다면 반말을 쓸 수도 있다. 하지만 그건 몇 번 마주쳐서 얼굴도 알고 친한 사이에서나 가능한 것이지. 제대로 알지도 못하는 사람이 나이 많다고 그러면 그래, 꼰대 같고 괜히 반항심이 생긴다. 눈에 힘이 들어가고 불친절해지는 건 어쩔 수 없다. 돈도 개미 눈물만큼 받아 열받아 죽겠는데 반말로 툭툭 내뱉으면 어떻게 웃으며 일할 수 있나. 그래, 그래도 넘어가자고 마음을 다스린다. 나이가 우리 큰삼촌뻘이니 내가 조카 같고 편해서 그런가 보다 생각하고 넘어가려 한다. 기분 나쁘고 재수 없지만 넘어가자.

그런데 더 재수 없는 건 나랑 나이가 비슷하거나 어려 보이는 사람들이 반말을 쓸 때이다. 그 사람들이 원래 말을 할 때 말꼬리를 흐리는지 안 흐리는지 알 게 뭔가. 내 앞에서 말을 할 때 말꼬리를 흐리며 반말처럼 말하면, 이거 당장 눈에 불이 일어난다. 가장 많이 하는 말은 "충전."이다. 아니면 사탕 두 개 사면서 "두 개."라고 한다.

2012년에 내가 처음 아르바이트한 곳은 공단 가는 사람들이나 환자들이 많아서 어린 사람이 없었다. 그래서 나와 비슷하거나 어려 보이는 사람에게 반말을 들어 본 적이 없다. 그런데 2014년에 일한 곳은 대학로와 학원가 근처라 그런지 내 나이 또래 사람들이 아주 많았다. 그때 내 나이 또래 사람들에게 반말 참 많이 들었다. 첫 달은 일을 다시 익히느라고 반말을 하든 말든 신경 쓸 여유가 없었다. 두 번째 달은 내가 더 친절하게 웃으며 대꾸를 하면 다음엔 존댓말을 쓰겠지 하는 생각으로 생글생글 웃으며 일했다. 그러나 사람들은 여전히 반말. 아니, 어떤 사람들은 웃는 내가 만만한지 더욱 심하게 대했다. 세 번째 달은 나도 웃는 것 포기. 어중간하게 말꼬리를 흐리며 "충전."이라 말하면 나는 바로 쩨려보며 "얼마?"라고 대꾸했다. 그러면 그 사람들이 그제야 "2,000원어치 해 주세요."라며 '요' 자를 붙인다.

내가 편의점 일을 하며 배운 것 중 하나는 나를 자기와 똑같은 사람으로 여기지 않는 사람들에겐, 나도 화낼 줄 아는 사람이라는 것을 보여 줄 필요가 있다는 것이다. 내가 여기서 몇천만 원을 버는 것도 아닌데 무엇 하러 손놈들에게 고개를 숙이며 기계같이 인사하고 바코드 찍어야 하나 하는 생각이 들었다.

지금까지 말한 것은 그래도 약과다. 나도 어느 정도 대응할 수 있을 정도의 손님들. 분노 지수 10에 달하는 손놈들은 바로 사기꾼과 주정뱅이들이다. 특히 사기꾼. 아직도 기억난다. 머리는 무스를 발라 쫙 넘기고 약간 붉은 목에는 금목걸이를 하고, 노스페이스 잠바를 입고 두툼한 손목에는 더 두꺼운 금시계를 찼다. 느긋하게 팔자걸음으로 문을 열고 들어오더니 아주 상냥하게 사장님 계시냐고 물었다. 그때는 나 혼자 있을 시간이라 "사장님 안 계시는데요."라고 공손히 대답했다. 그러자 그 사람은 돌연 얼굴빛을 바꾸고는 "아, 급한데." 라며 사장님에게 전화하는 척 휴대폰을 귓가에 갖다 대었다. 우리 사장이랑 통화하는 척 자기 혼자 쇼를 한다. 지금은 쇼라는 걸 알지만 그때는 나도 당황해서 안절부절못했다.

'무슨 일이 생긴 걸까?'

그 사람은 전화기를 호주머니에 넣더니 사장님에게 허락 맡았으니까 계산대에서 5만 원을 꺼내 달라 했다. 내가 어버버 말도 못 하고 눈알만 굴리니까 갑자기 화를 내기 시작했다.

"아! 사장한테 허락 맡았다니까. 내가 지금 아는 후배 빨리 배웅해

줘야 되는데 현금이 없어서 이러는 거 아니가. 내가 후배 배웅 못 해 주면 아가씨가 책임질 거가? 5만 원 잠시만 주면 내가 후배 배웅하고 와서 돌려줄 건데 왜 이래 말을 못 알아듣노. 거 참 답답하네. 빨리 달라니까!"

덩치가 산만 한 사람이 앞에서 쿵쿵거리며 화를 내니까 진짜 큰일인가 보다 싶어서 5만 원을 꺼내 주었다. 지금 글을 쓰면서 다시 생각해 보니 말도 안 되는 소리인데. 그 사람이 나가는 순간 아, 당했다는 느낌이 들었다. 그래서 따라 나갔는데 이미 그 사람은 사라지고 난 뒤였다. 혹시나 해서 문 앞을 서성거리며 계속 기다려 보았지만 역시나 그 망할 사기꾼은 돌아오지 않았다. 그때 내가 당하고 나서 얼마나 배신감을 느꼈던지. 돈을 떠나서 사람이 사람을 그렇게 속일 수도 있나 생각이 드니 사람이란 존재 자체에 실망을 했다. 그리고 생각보다 사기라는 게 대단치 않다는 생각이 들었다. 영화나 드라마에서 보던 몇백, 몇천 사기만 범죄라 생각했는데 내가 소액 사기를 당해 보니, 아…… 지금도 한숨만 나온다. 얼마 벌지도 못하는 편의점 아르바이트생 뒤통수를 그렇게 치고 싶을까.

이렇듯 편의점엔 별의별 손놈들이 다 있다. 그러나 내가 찾는 사람은 손놈이 아닌 '손님'이다. 딱 한 사람. 2012년 내가 일하던 곳 옆에는 병원이 있었는데 그곳에 계시던 의사 선생님이다. 나이는 50대 정도 됐으려나. 하얗게 센 짧은 머리에 부리부리한 눈을 가진 의사

선생님. 내 인사는 당연한 듯이 무시하는 사람들과 달리 그분은 90
도로 허리를 숙여 인사를 해 주셨다. 와서 딱히 사는 것도 없고, 말
도 안 하시고 그냥 창밖만 보는 게 다였는데도 좋았다. 가끔씩 "밥
은 드셨습니까?"라거나 "제가 붕어빵 좀 사 드릴까예?"라며 맛있는
것을 사 주시기도 했다. 나도 월급날이면 종종 음료수를 사서 그분
께 드렸다. 저번에 붕어빵 잘 먹었다는 인사도 빼놓지 않고 덧붙였
다. 그러면 그분은 "일하면서 공부하시는데 제가 사 드려야죠." 하며
살짝 웃으셨다.

내가 편의점을 그만둘 때는 칼국수집에서 칼국수를 사 주시며 나
에게 꼭 성공할 것이라는 응원의 말도 해 주셨다. 볼펜도 한가득 가
지고 와 공부할 때 쓰라며 주시기도 했다. 그 볼펜들은 아직도 쓸모
있게 잘 쓰고 있다.

내가 바코드 찍는 기계인지 사람인지 헷갈려 화가 날 때, 아르바
이트생이 아닌 사람으로 대해 준 그 의사 선생님. 별말은 안 해도 날
응원한다는 것을 가슴으로 느끼게 해 준 그 의사 선생님. 생각보다
세상에는 그 의사 선생님 같은 사람이 많이 없다는 걸 느끼는 요즘
이다. 손놈들로 열받을 때마다 그분이 정말 보고 싶다.

누가 이 사람을 모르시나요. 통통한 몸매에 부리부리한 눈, 달덩
이같이 고운 마음씨를 가진, 이대로만 하면 꼭 성공할 것이라고 칼
국수집에서 말해 주던 이 사람을 정녕 누가 모르시나요.

처음으로 바위에
계란을 던져 본 날

○

김소연

며칠 전에 직속 상사인 박 팀장님과 다툼이 있었다. 내가 팀장님과 다툰 이유는 우리 회사 조직 내부의 악습 때문이었다. 작년 11월 11일, 나는 지금의 회사에 입사했다. 요즘 같은 불경기에, 대학을 졸업한 지 얼마 안 되어 정규직으로 취직했다는 사실 자체가 꿈만 같았던 나는 새로운 회사에 굉장한 기대를 품고 입사했다. 하지만 얼마 지나지 않아 내 기대는 반쯤 무너졌다.

입사한 지 일주일이 되던 날, 관리 부서에서 회계 인사 업무를 담당하는 여직원 두 명이 내 자리에 왔다. 그러더니 "소연 씨, 잠깐만 사장님실로 와 줄래요?" 하며 나를 대표 이사실로 데려갔다. 마침 사장님은 외근으로 부재중이었다. 나는 아니, 갑자기 웬 사장님실인가 싶어 살짝 긴장한 채로 그들을 따라갔다. 문을 열고 들어가자마자 여직원 한 명은 물티슈를 손에 들었고, 다른 한 명은 어질러진 사장님 책상 위의 서류를 차곡차곡 정리하기 시작했다. 그러더니 멀뚱히 서 있던 내게 대뜸, "앞으로는 소연 씨가 퇴근 전에 사장님실 청소를 해야 돼요."라고 말하는 것이었다. 순간 머리가 땅해졌다. '이게 무슨 상황이지, 지금?'

회사 서열상 '막내 여직원'이었던 나는 매일 퇴근 전마다 사장님실을 청소해야 했다. 그리고 사장님이 출근하시면 모닝커피를 대령하는 '커피 심부름'을 해야 했고, 회사에 외부 손님이 올 때마다 차를 내오는 일도 내 몫이 되었다. 게다가 공용 탕비실을 청소하고 관리하는 일, 대회의실과 소회의실의 탁자를 닦는 일까지 전담해야 했다.

고무장갑을 껴도 손이 많이 시렸던 겨울의 어느 날, 임원진들이 아무렇게나 놓고 간 싱크대 속 커피 잔을 닦다가 울컥한 나는 그 당시 서열상 여직원들의 맏언니 격이었던 박 팀장님에게 넌지시 "원래 사장님실이랑 탕비실 청소는 아주머니(우리 회사에는 사무실 청소를 해 주시는 아주머니가 계셨다.)가 안 해 주시나 봐요?"라고 물었다. 그런데 이런 나의 가시 박힌 돌발 질문에 팀장님은 너무나도 아무렇지 않게 "응, 원래 이런 건 막내 여직원 담당이야."라고 답했다. 당연한 소리를 한다는 듯한 반응에 내가 떨떠름한 표정을 짓자, 팀장님은 그런 내 모습을 보고 조금 무안했는지 민망한 웃음을 지으며 "너무 구닥다리인가?" 하고 되물었다. 어떤 답을 해야 할지 판단이 서지 않았던 나는 아무 말 없이 하던 일을 계속했다. 팀장님은 그런 나의 뒤통수에 대고 "원래 막내들은 어딜 가나 다 그래. 업무 외적인 일이니까 더 신경 써서 해 줘."라고 말한 뒤 탕비실을 나갔다. 어쨌든 나는 이듬해 봄 내 아래로 여직원 네 명이 입사할 때까지 '막내 여직원'으로서 '업무 외적인 일'을 수행해야 했다.

막내 여직원 네 명이 새로 들어온 후, 나 혼자 도맡아 하던 '업무 외적인 일'은 자연스레 막내 여직원 네 명에게로 넘어갔다. '업무 외적인 일'에서 완전히 벗어난 나는 다소 홀가분해졌지만, '업무 외적인 일'을 관리한다는 명목으로 자행되는 팀장님의 '막내들 군기 잡기'가 계속 마음에 거슬렸다. 예를 들면, "너네 사장님실 먼지 청소를 도대체 어떻게 하길래 이렇게 더러워?"라거나, "청소 문제로 또 사장님한테서 무슨 얘기 나오면 그땐 너네 진짜 혼날 거야."와 같이 말하는 상황이 종종 일어났다. 이런 상황을 목격할 때마다 한 소리 하고 싶은 마음이 굴뚝같았지만 그러지 못했다. 내가 나서서 괜히 분란(?)을 일으키는 꼴이 될까 봐 지레 겁을 먹은 것이었다.

그러다 얼마 전, 사건이 터졌다. 금요일 오후, 부장급 이상의 임직원들은 모두 업무 마감 회의에 참석해서 사무실에 사람이 얼마 없었다. 그런데 막내 여직원 두 명이 팀장님에게 혼이 나고 있었다. '업무 외적인 일' 때문이었다. 또 무슨 말도 안 되는 소릴 하려나 싶어 귀를 쫑긋 세우고 있던 나는 팀장님의 마지막 말에 열이 받고 말았다.

"야, 너네 회사에 여직원이 몇 명이나 된다고 이래? 제대로 좀 해!"

나도 모르게 자리에서 벌떡 일어났다. 그리고 내뱉어 버렸다.

"팀장님, 탕비실도 그렇고 사장님실도 그렇고, 하루에 사용하는 사람이 몇 명이나 되는데 너무 여직원들만 관리하는 것 아닌가요? 탕비실에 자기가 쓰던 컵 그냥 아무렇게나 놓고 가는 사람이 얼마나 많은 줄 아세요?"

순간 아차 싶었다. 그와 동시에 점점 붉어지는 팀장님의 얼굴이 보였다. 그분은 나의 돌직구 발언에 어처구니가 없다는 듯 코웃음을 쳤다. 그런 태도에 더 화가 난 나는, "이런 문화는 너무 성차별적이라는 생각이 들어요. 탕비실이든 어디든 여럿이 함께 사용하는 공간은 직급에 상관없이 다 같이 관리하는 문화를 만들어 가는 게 맞는 것 같아요."라고 응수했다. 하지만 그분은 나의 문제 제기의 본질에는 그다지 관심이 없는 것 같았다.

"남자 직원들은 새로 자리를 배치하거나 무거운 짐을 옮길 때 힘을 쓰지 않니? 그 대신 여직원들은 여직원이 할 수 있는 범위에서 이런 일들을 하는 것 아니겠어? 또 막내에겐 막내의 역할이 있는 거야. 나도 예전에 막내 역할 다 했어. 그리고 내가 업무 지시를 내리면 너네는 따라야 하는 것 아니야? 나도 다 생각이 있어서 시키는 거야."

이런 대답을 듣게 되다니 나로선 기가 막히고 코가 막히는 일이었다. 팀장님은 "앞으로 너 나한테 이런 식으로 말하지 마. 너, 내가 만만하니?"라고 소리를 빽 지른 후 씩씩대며 밖으로 나갔다.

화가 났다. 조직의 악습을 당연한 것으로 여기며 나의 문제 제기를 직급의 힘으로 간단히 눌러 버리는 그분의 오만함에 말이다. 그리고 내 아래에 있는 갓 스무 살 된 여직원들이 고등학교를 졸업한 후 사회에 나와 처음으로 배우는 것이 고작 이런 악습이라는 사실이 안타까웠다. 무엇보다 내가 팀장님과 한바탕하고 나서 흥분을 가라앉히는 동안, 본인들 때문에 벌어진 일이라는 생각에 미안해하며 울고 있는 어린 친구들을 보니 오히려 내가 더 울고 싶어졌다. "미안해할 일이 아니야, 효정 씨. 효정 씨가 잘못한 일도 아니고. 난 오히려 이렇게 속 시원하게 할 말 다 해서 마음이 편해."라고 알량한 위로를 건네는 게 나의 최선이었다.

난생처음으로 바위에 계란을 던져 본 날, 한편으로는 속이 시원하면서도 찝찝한 기분이 가시질 않았다. '그래, 현실은 내가 생각했던 것보다도 훨씬 높고 단단한 바위구나.' 하고 다시금 깨달았다. 그렇다. 고작 벽에 계란 깨지는 소리 한 번 냈을 뿐인데, 그나마도 나에겐 다소 고단하게 느껴지는, 그런 금요일 저녁이었다.

#흔들흔들

#위태롭게

#살아가는

#사람들

땀의 위기

크리에이터라는
고독한 직업

○

심정현

크리에이터가 고독한 직업이라고 이야기하면, 아마 많은 사람이 고개를 갸우뚱할 것이다. 그러나 내가 크리에이터 생활을 하며 지켜보고 또 이야기를 나누어 본 많은 크리에이터들은 하나같이 입을 모아 '크리에이터는 외로운 직업'이라고 말한다. 이유는 무엇일까.

겉으로 보기에 그들의 삶은 외로움과는 거리가 먼 듯하다. 크리에이터들은 하루에도 몇 번씩 인스타그램과 페이스북 그리고 유튜브를 통해 많은 사람과 소통을 한다. 그리고 문밖으로 한 발자국만 나가면 그들을 알아보고 인사를 건네는 사람들이 존재한다.

또 그들의 일상은 어떠한가. 그들은 인플루언서라는 이름으로 다양한 행사에 초청되며, 각종 회사로부터 종종 선물을 받기도 한다. 잦은 해외여행과 출장, 그리고 그곳에서 찍은 멋들어진 사진들은 그들의 화려한 삶을 사람들에게 각인시키기에 충분하다. 오늘도 뉴스에서는 그들에 대해 이야기한다. 누구는 강남 모처에 집을 샀다고, 누구는 한 달에 돈을 얼마큼 벌었다고 말이다.

하지만 많은 사람이 일반적으로 알고 있는 이런 이야기들 이면에는 상담 센터를 찾고, 정신과 약을 먹고, 우울증에 시달리는 크리에이터들이 존재한다. 그리고 나도 그들처럼 외로움을 안고 우울감에 빠져 있던 사람 중 한 명이었다.

얼마 전 길에서 우연히 크리에이터 시절 알고 지내던 G를 만났다. G는 나와 다른 카테고리의 영상을 만드는 크리에이터로, 유튜브에서 개최하는 행사에서 몇 번 만난 후 친해졌다. 우리는 소리를 지르며 오랜만이라고 반가워했고 나는 G에게 요즘도 계속 콘텐츠를 만드는지, 잘 지내고 있는지 물었다. G는 약간은 쓸쓸한 미소를 지으며 말했다.

"콘텐츠는 계속 만들고 있어요. 그런데 힘들어요. 요즘은 너무 외로워서 사람들을 만나러 일부러 밖으로 나가요."

나는 G의 웃고 있는 눈에서 슬픔이 비치는 것을 발견했다. 무엇이 그를 외롭게 했을까. 그는 누가 보아도 활발하고 웃음이 많은 사람이었다.

"저도 크리에이터를 하면서 많이 외로웠어요. G님은 어떤 것 때문에 외로우셨어요?"

나는 물었고, G는 대답했다.

"무슨 댓글이라도 달리면 좋을 텐데 콘텐츠에 아무 반응이 없으니까 영상을 만들면서도 항상 외롭더라고요."

G의 대답을 듣고 나는 유튜브를 처음 시작했을 때를 떠올려 보았다. 그리고 그때가 떠오르자 나는 그녀의 외로움이 무엇을 의미하는지 어렴풋이 짐작할 수 있었다.

7년 전 처음 블로그를 시작했을 때, 나는 '어쩌면 나도 파워 블로거가 될지도 모른다'는 부푼 꿈을 갖고 있었지만 그 꿈이 깨지는 데는 채 일주일도 걸리지 않았다. 나는 매일 정성스럽게 포스팅을 올렸지만 조회 수는 몇백 명에 불과했고 이마저도 처음 시작한 사람치고는 꽤 잘 나온 편이었다. 댓글은 자신의 블로그에도 놀러 오라는 광고성 댓글밖에 없었으며, 진정으로 나의 콘텐츠를 찾아 주는 사람은 없다고 봐도 무방했다.

아무도 없는 허공에 소리치는 것과 같은 그런 상황에서 1년 넘게 블로그를 운영하는 동안, 파워 블로거가 되어서 유명해지겠다는 꿈은 이미 없어져 버린 지 오래였으며, 투자한 시간에 비해 성과가 나오지 않는 것이 분명함에도 불구하고 이만큼 공을 들여서 하는 게 맞는 것인지 깊은 고민에 빠졌다.

그즈음 유튜브를 처음 시작했지만, 상황은 그전과 별반 다르지 않았다. 구독자가 몇만 명 정도 모여서 내 콘텐츠를 꾸준히 찾아 주는 사람이 생길 때까지 꼬박 1년이 넘는 시간이 걸렸고, 그 시간 동안 나는 지나가던 누군가가 와서 나를 찾아 주길 바라는 마음으로 아무도 존재하지 않는 허공에 나의 존재감을 외쳤다. 그 시간은 분명 고독하고 외로운 시간들이었다.

내 경우에는 보통 10분짜리 영상을 만들 때 촬영에 2시간, 편집을 하는 데 평균 10시간에서 15시간 정도 걸렸는데, 하루를 잡고 생각해 보면 밥을 먹고 화장실에 가는 시간을 빼고는 온통 카메라와 컴퓨터 앞에서 홀로 시간을 보내야만 겨우 영상을 하나 만들어 낼 수 있었다. 천천히 쉬엄쉬엄하고 싶은 마음도 없지는 않았지만, 조금이라도 늦게 콘텐츠를 만들었다가 나와 비슷한 아이디어를 가진 누군가에게 선수를 빼앗기지 않을까 하는 초조한 마음에 나는 컴퓨터 앞을 벗어나지 못했다.

크리에이터 생활을 하던 대부분의 날들은 집에서 혼자 촬영과 편집을 하느라 하루 종일 사람과 한마디도 대화를 나누지 못해, 입을 열면 텁텁한 느낌이 났다. 그렇게 열심히 밤을 새워 만든 영상에는 댓글이 2개 내지 3개 정도 달렸고, 그 시절의 나는 무엇보다 사람이 고팠다. 올라가지 않는 조회 수를 보며 '이 일을 계속하는 게 맞는 걸까' 스스로 불안할 때도 많았지만 기댈 곳을 쉽게 찾을 수 없었다.

좋아하는 일을 한다는 이유로 주변 사람들에게 나의 외로움은 투정처럼 받아들여지기 일쑤였으며, 보통 사람들과는 다른 특이한 일을 하는 탓에 이해를 받기도 쉽지 않았다. 게다가 가족들에게 괜히 힘든 소리를 했다가는 가족들이 분명 크게 걱정을 하거나 그러게 그런 일은 왜 시작했냐는 잔소리를 할 것이 뻔했기에 힘든 일이 있어도 혼자 속으로 삭일 수밖에 없었다.

오늘도 매스컴에서는 몇 개월 만에 수십만 명의 구독자를 모아 연봉을 억 단위로 번다는 크리에이터들의 이야기에 스포트라이트를 비춘다. 하지만 그 스포트라이트를 받는 손에 꼽히는 몇 명의 사람들 뒤에는, 어둠 속에서 오늘도 누군가 자신을 바라봐 주기를 바라며 고독하게 영상을 만드는 99.9%의 크리에이터들이 존재한다.

G는 요즘 크리에이터를 시작하는 사람들을 위한 강의를 나간다고 했다. 그는 자신이 했던 실수를 다른 사람들은 하지 않았으면 하는 마음으로 강연장에 나선다. 영상을 40개나 만들었지만 아직도 구독자가 천 명도 되지 않는다며 슬퍼하는 사람에게 그는 말한다.

"40개요? 100개는 만들어야 해요!"

알바도 산재를
받을 수 있다고?

○

박정훈

"으아아악!"

외마디 비명을 지르며 쓰러진 오토바이 위를 펄쩍 뛰었다. 방금 세워 둔 오토바이가 내 오른쪽 발가락 위를 덮쳤다. 아픔도 잠시, 쓰러진 오토바이가 걱정됐다. 지나가던 사람의 도움으로 쓰러진 배달 오토바이를 세우고, 상한 곳은 없는지 살폈다. 휴, 크게 부서진 곳은 없는 것 같았다. 그제야 매장 계단으로 발을 옮겼다. 걷기가 힘들어 비틀거렸다. 그 순간 산재로 처리해야 하나, 아니면 대충 회사에서 주는 돈을 받고 말아야 하나 고민이 시작됐다. 아파서 어지러운 건지, 고민 때문에 머리가 아픈 건지 혼란스러운 상태로 매장 문을 열고 들어갔다.

어떻게 알았는지 매니저와 동료 직원이 괜찮냐고 먼저 물었다. 매장 앞에 주차해 놓은 오토바이를 비추는 CCTV 모니터가 있는데, 마침 두 사람이 나의 사고 장면을 본 것이다. 운이 좋았다. 목격자와 증거가 확실하니 산재 승인을 둘러싼 다툼은 없을 터였다. CCTV를 조작하거나 매장 동료가 나에게 거짓말쟁이라고 말하지 않는 한 말이다.

몇 번이나 노동 인권에 대해 강연을 하면서 일하다 다쳤을 때 어떻게 해야 하는지를 떠들었던 터다. 그런데 막상 당사자가 되니 혼란스러웠다. 오토바이를 제대로 세우지 않은 내 책임에 대한 생각이 강했다. 일을 하다 다쳤을 때 많은 사람이 가질 수 있는 감정이다. 하지만 산재는 무과실 원칙을 가지고 있다. 노동자의 실수로 다쳤다 하더라도 산재 보험의 보호를 받을 수 있다.

또 하나의 걱정도 있다. 사장님이 싫어하지 않을까? 그런데 재밌는 게 4대 보험 중 산재 보험은 사업주들만 보험료를 낸다. 돈만 내고 혜택을 거의 보지 못하니 많은 사람이 4대 보험을 세금처럼 생각하지만 이것도 엄연한 보험이다. 특히 산재 보험은 사업을 하면서 노동자에게 사고와 질병이 생기면 이를 처리하는 데 큰 비용이 들기 때문에 만든, 사업주를 위한 보험이기도 하다. 보험료는 내는데, 정작 필요할 때 보험금을 안 타는 것만큼 아까운 게 있을까. 게다가 노동자가 산재 신청을 한다고 해도 사업주가 추가적으로 부담해야할 비용도 없다. 보험에서 내 주니깐. 그래서 사실 산재 신청을 할 때 사업주의 승인은 필요 없다. 기본적인 산재 신청서인 요양 급여 신청서에는 사업주의 확인란이 있는데, 산재 처리하는 데 도움이 될 뿐 공란으로 제출해도 된다.

그럼에도 불구하고 사업주들이 산재 처리를 싫어하는 것은, 사고 과정에서 산업 안전 보건법을 어긴 것이 드러나 처벌을 받게 될까 두렵기 때문이다. 보통 산업 재해는 사업장에서 안전 규칙을 제대로 지키지 않을 때 벌어진다. 또 산재 사업장이라고 불리는 것도 싫을 것이다. 아무래도 근로 감독의 압박이 느껴지기 때문이기도 하다. 반면, 노동자의 입장에서는 산재로 처리하는 것이 대부분 유리하다. 보통 좋은 회사라고 불리는 곳에서 하는 지원이라는 게 병원비와 하루 이틀 동안의 임금 지급이 전부다. 산재 보험은 병원비뿐만 아니라 일을 하지 못하는 동안의 임금도 지급한다. 그래서 산재 승인 기간만큼은 생계비 때문에 다 낫지도 않았는데 무리해서 일을 다시 시작할 필요가 없다.

다행히도 내가 일하는 곳에 노조가 있기도 했고, 점장님이 내가 알바 노조 전 위원장이라는 사실을 알고 있었기 때문에 이를 거부할 것 같지는 않았다. 이런 마음 정리가 끝났다면, 두 번째로 해야 할 것은 하던 일을 중단하고 바로 병원에 가는 것이다. 그런데 살짝 다치면 많은 사람이 병원에 가겠다고 말하기 힘들어한다. 산업 재해는 4일 이상의 요양이 필요할 경우에 혜택을 받을 수 있다. 입원이 아니다. 통원 치료도 포함된다. 3일 이하는 근로 기준법상의 보상을 받는다. 그런데 웬만한 타박상도 아물려면 2주는 걸린다. 그래서 조금이라도 다치면 산재 신청을 하겠다 마음먹고 바로 병원에 가는 게 좋다.

절뚝거리며 병원으로 향했다. 바로 병원에 갈 정도로 아픈지 아닌지 헷갈렸지만 지금껏 내가 뱉은 말이 있으니 나라도 지켜야겠다는 생각이 들었다. 병원에 도착해서 발을 보니 발가락이 엉망이었다. 발톱 색깔이 검붉게 변해 있었다. 엑스레이를 찍고, 발톱의 피를 뽑았다. 정말 기절할 정도로 아팠다. 나는 뾰족한 걸 무서워해서 주사 맞는 걸 피하려고 평소 병원에도 안 가던 사람이었다. 검사 결과를 기다리면서 확실하게 도움을 받고 싶어 평소 알고 지내던 노무사님께 전화를 걸어 필요한 산재 절차를 확인했다.

의사의 진료를 받으면서 내가 잊지 않고 했던 말은 딱 하나였다. "일하다 다쳤고, 산재 신청을 하려고 합니다." 이게 정말 중요한데, 산재 처리에서 의사의 소견이 중요하게 작용하기 때문이다. 또 산재 지정 병원의 경우에는 병원에서 바로 산재 신청을 할 수 있다. 불행히도 내가 처음 간 병원은 산재 지정 병원이 아니었다. 이럴 때 챙겨야 할 것이 바로, 초진 진료서다. 이 진료서를 바탕으로 산재 승인

여부를 판단하기도 하고, 여기서 치료를 받았다는 사실을 입증해서 병원비를 받을 수도 있기 때문이다. 일단 치료를 마치고 바로 조퇴를 했다.

며칠 뒤 근로 복지 공단 홈페이지에 들어가 산재 지정 병원을 검색한 다음 그곳으로 치료를 받으러 갔다. 내가 간 병원의 의료사회 사업과에서 산재 상담과 지원을 해 줬다. 그곳에 처음 간 날 요양 급여 신청서와 휴업 급여 신청서를 받아 집에 가서 작성하고, 필요한 서류를 준비해서 다음 치료를 받으러 갈 때 제출했다. 요양 급여 신청서에 써야 할 내용 중 사건 경위는 자기가 쓰면 되지만, 사업장 관리 번호와 목격자 연락처, 사업주 확인란은 매장의 도움이 필요하다. 휴업 급여를 신청하는 데도 사고가 발생한 달을 포함한 4개월간의 임금 대장이 필요하다. 휴업 기간은 의사 선생님이 적어 주는 거니까 병원에서 처리하면 따로 진단서 떼느라 돈 낼 필요도 없고 간단하다. 이런 이유들로 산재 지정 병원에 가서 치료를 받는 게 유리하다. 서류 처리도 치료받으러 왔다 갔다 하면서 하면 되니까 따로 근로 복지 공단을 방문하는 것보다 편하다. 산재 신청 후 7일 이내에 처리돼야 하기 때문에 7일이 될 때까지 아무 소식이 없다면 관할 근로 복지 공단에 연락을 해 보는 것이 좋다. 아무튼 필요한 서류를 떼러 직접 매장으로 갔다. 점장님은 흔쾌히 필요한 서류들을 제공해 주었고, 너겟을 포함한 음식도 싸 주면서 푹 쉬었다 오라고 했다.

마침 이 글을 쓰는 중에 관할 근로 복지 공단에서 전화가 왔다. 관할 공단은 사업장 소재지를 기준으로 정해진다. 초진 진료서만 제출해 달라는 전화다. 뽑아 놓길 잘했다는 생각에 절로 미소가 지어졌다. 팩스로 보내 달라는데 개인이 팩스를 가지고 있는 경우는 거의 없지 않은가. 보통 1장당 500원인데 그 돈도 아깝다. 사정을 이야기했더니 공단에서 쓰는 공용 전화번호로 초진 진료서 사진을 찍어 보내 달라고 한다. 훨씬 편해졌다.

긴 이야기였지만 하고 싶은 이야기는 간단하다. 알바든 비정규직이든 뭐든 상관없이 누구든지 일하다 다치면 산재 신청을 할 수 있다. 집 가까운 곳에 산재 지정 병원만 있다면 치료받으면서 휴업 급여도 받을 수 있으니 무조건 신청하자. 이제는 출퇴근길에 다쳐도 산재 신청을 할 수 있고, 일을 하다 우울증에 걸려도 산재 신청을 할 수 있다.

물론, 산재가 발생하지 않는 업무 환경을 만드는 게 무엇보다도 중요하다는 사실을 잊지 말아야 할 것이다. 이 보험의 혜택으로 5주간 병원을 다니면서 이렇게 글도 쓰며 잘 지내고 있다. 하지만 아무리 그래도 안 다치는 게 최선이다.

법의 눈으로
보셔야 해요

○

소록

다시 찾은 고용노동청의 그 부서에는 칸막이마다 한 명씩 노무사 서너 명이 앉아 있었다. 몇몇 자리에는 이미 상담자가 앉아 있었다. 마치 은행 창구 같은 모습이었다. '다음 대기 번호 375번 부당 해고 되신 분'이나 '네, 다음 대기 번호 287번 임금 체불 되신 고객님'을 부르는 창구. 쭈뼛거리며 들어서다 한 노무사님과 눈이 마주쳤는데 "네, 이쪽으로 오세요." 하며 나를 불렀다. 대단히 피곤해 보이는 얼굴이었다.

"네, 어떤 일로 오셨죠."

"……. 제가 어제 해고를 당해서요."

"뭐 서류 같은 거 가져오셨어요?"

"아, 해고장을 받긴 했는데요."

"그거부터 볼게요."

노무사님이 미간을 찌푸린 채 서류를 읽어 가는 동안, 나는 괜히 초조해져 이런저런 이야기를 덧붙였다. 노무사님은 그걸 들으면서 질문을 했는데, 내 얘기 중 불필요한 부분은 툭툭 자르고 필요한 부분만 골라 다시 물었다. 불필요한 부분은 대개 감정적인 묘사이거나 그의 '제3자의 눈'으로 봤을 때 해석의 여지가 있는 것 같은 부분이었다. 질문은 빠르게 몰아쳤고 나는 대답하기 바빴다.

"그러니까 정리해서 말하면, 어쨌든 그 제안을 했다고 자른 건 아니라는 거네요?"

"네…… 해고장에는 저의 태도 불량과 하극상을 해고 사유로 적었습니다."

"그러니까요. 표면적인 이유는 대들었다, 안 맞는다라는 것이고. 그런데 이 언쟁의 발단이 그 제안이라는 거죠?"

"네."

"수습 기간 있어요?"

"취업 규칙에 6개월로 써 있습니다."

"6개월 안 됐죠?"

"네, 그렇죠."

"그러니까 수습 기간에 회사랑 안 맞고 근무 태도가 안 좋아서 해고다, 이 말이네요."

"네."

"허 참, 그러니까 회사가 최종적으로 해고 이유를 무엇으로 하느냐가 이렇게 중요해지는 거거든요."

"그렇군요."

수습 기간이 지나지 않았고 수습 기간 중 근무 태도를 문제 삼아 자른다고 했으니 회사 입장에서 영리한 방법을 쓴 것이란 얘기였다. 이때쯤 나는 거의 울상이었던 것 같다.

노무사님은 내가 밀어 볼 수 있는 몇 가지 주장들을 알려 주셨다. 하지만 그게 무슨 내용이건 간에 요점은 하나였다. '법의 눈'이 어디를 어떻게 바라보는가. 법의 눈은 본래 내 편도 아니었고 사장님의 편도 아니었다. 하지만 이야기를 들어 보면 신기하게도 내 쪽에서 주장하고 증명해야 할 부분이 더 많았고 더 어려웠기 때문에, 나는 이 지점에서만은 법의 눈이 나를 외면하고 있다고 느꼈다.

"저는 아예 예상도 못 한 시점에 회사에서 바로 쫓겨났어요. 회사가 제 지문 아이디와 출퇴근 기록도 바로 지운 것 같고요. 모든 내부망 비밀번호도 바뀌었어요. 그리고 이런 일을 전혀 예상하지 못했는데 계속 녹취를 하고 자료를 모아 두었을 리 없고요. 지금 상황에서 제가 얼마나 더 증거를 모으고 제 주장을 증명할 수 있겠어요."

노무사님도 이 부분은 수긍했다.

"그렇죠. 일이 다 벌어지고 회사 밖에서 증거를 모은다는 게 참 어려워요. 그러니까 상담자께서는 부당 해고 구제 신청을 하시겠다는 말씀인가요? 그러니까 제 말은, 오해가 없으셨으면 좋겠지만 그 모든 증거 수집 작업은 구제 신청에 들어갈 때 필요한 거라서요. 여러 측면에서 무엇이 더 본인에게 도움이 될지 생각해 보세요."

"제가 승소할 수 있을까요?"

"승소 가능성이요? 그건 제가 말씀 못 드려요. 우리는 여기서 이렇게 억울하다 하지만 말씀드렸다시피 법의 눈으로 봤을 때는 결과가 다 달라질 수 있어서요. 무작정 편들어 드릴 수가 없어요."

편들어 달라는 게 아니었다. 누구나의 상식으로 본다 해도 이건 뭔가 잘못됐지 않았느냐는 말이었지만 그의 말대로 여기서 필요한 건 오로지 '법의 눈', 그뿐이었다.

상담이 끝나고 감사 인사를 여러 번 꾸벅하고 일어났다. 그래도 인터넷에서 찾아봤던 정보나 알음알음 들었던 이야기를 통틀어 가장 신빙성 있고 명확한 이야기였다. 노무사에게 수임을 맡기거나 유료 상담을 받아 볼 처지가 안 되는 나 같은 사람에게 참 유용했다.

하지만 돌아서서 나오는 기분은 찝찝하고 착잡했다. 마치 부당 해고 구제 신청을 안 하고 물러서는 게 낫다는 듯이 들리기도 하는 묘한 말들. 노동자가 회사 밖에서 그때 그 당시 해고가 부당했음을 증명하는 것과 자본과 위력이 풍부한 회사에서 그 해고가 정당했음을 증명하는 것 중 무엇이 더 쉬울까. 증거와 증인은 있더라도 회사에 있을 텐데, 마구잡이로 쫓겨나서 이제 다시 돌아갈 수 없는 그곳에. '법의 눈'이 흡족해할 만한 증거를 수집하는 일이 아득하게 느껴졌다.

그리고 구제 신청을 진행하면 이제 우연히라도 털끝 하나 스치고 싶지 않은 그들과 주기적으로 만나게 된다는 사실하며, 나에게는 너무나 당연한 부당함을 증명하고 또 증명해야 하는 치졸함까지 생각하니 시쳇말로 '더럽고 치사해서 그냥 해고되고 말지.' 하는 생각이 절로 들었다. 오히려 그들의 말처럼 내가 '선동자'여서 그간 차근차근 증거를 쌓아 놓았다면 이렇게 막막하지 않았을지도.

상사가 부하 직원이 근무 중 한 잘못에 주의를 주는 것과 부하 직원을 근거 없이 괴롭히는 것은 구분되어야 한다. 마찬가지로 상사의 부당한 지시나 언행에 대응하는 것과 상사에게 무조건 반항하는 것도 다른 문제다. 노동자가 받는 임금은 그가 제공하는 노동력에 관한 대가다. 상사의 폭언이나 부당한 주장에 수긍하기는 여기 포함되어 있지 않다. 만약 월급을 받는 죄로 이 모든 것을 감내하는 것이 회사원이고 근로자고 노동자라면, 우리나라의 근로 환경은 얼마나 비참한가.

한창 격양된 순간 사장님은 말했다. 30년을 일하면서 당신같이 사장에게 대드는 직원을 본 적이 없다고. 나도 말했다. 저도 사장님

같이 직원에게 이렇게 하시는 분을 못 뵈었다고,

하지만 그건 거짓말이었다. 근로자가 사장에게 의견을 개진하면 그것은 곧 '대드는 것'이 되어 30년에 한 번 볼까 말까 한 흔치 않은 일이 되는 반면, 사장이고 간부고 상사라는 이름으로 직원에게 비합리를 종용하는 사람들은 30일에 한 번씩이라 해도 될 만큼 우리 주변에 숱하게 있다. 서로가 일을 하자고 모인 곳에서 일이 아닌 다른 권력으로 층하가 매겨지고, 그 층하에 따라 쉽게 비합리도 합리로 용인된다. 게다가 돈! 바로 내가 너에게 돈을 주는 사람이라는, 바로 내가 너를 고용한 사람이라는 대단한 인식이 그 권력의 복판에 있을 때 일하는 곳은 얼마나 비정상적으로 변질될 수 있는가.

#퇴사하면

#입사하고싶고

#입사하면

#퇴사하고싶고

땀의 방향

아버지의
산업 재해

○

안재성

경비로 일하시던 아버지가 못에 찔려 발가락에 파상풍이 생기는 바람에 입원하셨다. 철도청 공작창의 페인트공으로 33년, 여의도의 한 빌딩에서 경비로 18년을 일해 온 아버지의 첫 산업 재해다. 올해로 81세니 최고령 산재 환자로 기록될지도 모르겠다.

파상풍에 걸린 아버지는 산재가 뭔지도 모르고 자기 돈으로 간단한 치료만 받고 출근하다 결국 입원을 하셨다. 그런데 내가 뒤늦게 올라가 산재 신고를 대신하다 보니 입원 날짜를 하루 틀리게 불러 주었고, 이를 이유로 아버지가 옮겨 다닌 두 병원과 이를 관리하는 두 산재 공단의 실무자들이 서로 책임을 떠밀며 처리를 미루었다.

게다가 하는 말들이 넷이 모두 똑같았다.

"우리는 절차상 하자가 없습니다. 우리 책임이 아니니 저쪽에 찾아가서 수정해 달라고 하십시오."

"직권으로 고치게 되면 나중에 누가 책임집니까? 저쪽에 전화해서 문의해 보십시오."

날짜 하나 고치는 문제로 넷이 서로 떠미는 사이 열흘이 넘게 흘러 버렸다. 보험료는 철저히 받아 가면서 돈 내주는 건 어찌나 까다로운지, 이리저리 산재 처리를 위해 뛰어다닌 끝에 어제는 마침내 화가 폭발해 버렸다.

"당신들은 전화도 없어요? 당신들끼리 통화 한 번 하면 끝날 일을 가족보고 다 해 오라고 서로 떠밀다니! 우리 아버지가 가족도 없고 혼수상태라면 어쩌려 했어요? 이런 식이면 그깟 치료비 몇백 내 돈으로 내 버리고 당신네들 관료주의에 대해 인터넷에 도배를 할 거야! 청와대, 노동부 앞에서 일인 시위라도 할 거라고!"

대충 이런 뜻으로 네 군데 모두에게 똑같이 고함을 치고 오늘 아침에 전화해 보니 처음부터 다시 서류 처리를 하겠다는 답을 한다. 물론 이번에는 처리가 되겠지만, 분함은 아직도 남아 있다.

무엇보다도, 세월호 생각이 났다. 침몰하는 배에서 사람을 구하려고 어선들이며 잠수부들이 달려갔을 때 공무원들과 해경이 한 짓이 바로 그런 것 아닌가? 상상이지만, 아마도 이런 이야기가 오가지 않았을까?

"잠수부 하루 일당이 100만 원인데 허가도 없이 투입했다가 나중에 그 돈 당신이 낼 거야? 들어가지 못하게 해!"

실제로 해경과 공무원들은 어린 학생들을 구해야 할 시간에 언딘과 계약서를 쓰고 있었다. 법적 절차를 지키기 위해서! 나중에 자기에게 돌아올지 모를 책임을 회피하기 위해서!

어제부터 세월호 청문회가 시작되었다. 기한은 겨우 사흘이다. 그러나 공무원들의 책임 전가와 변명밖에는 들을 게 없는 청문회는 사흘도 너무 길다.

산재 승인 문제는 일인 시위를 해서라도 관철시키면 그만이다. 아버지의 고민은 일을 계속할 것인지, 이번 기회에 퇴직할 것인지이다.

아버지는 얼마 전 회사와 2년 재계약을 했다. 입원 중인데도 용역회사 사장이 몇 번이나 전화를 해서 퇴원하면 다시 일을 나오라고 했단다. 만일 83세까지 일한다면 산재 부문뿐 아니라 장수 근로 부문에서도 기록을 남기게 될 것 같다.

이 문제에 대한 주위 사람들의 반응은 두 가지다. 다수는 그 나이에도 일할 수 있는 게 어디냐며 나갈 수 있을 때까지 나가야 한다고 강력히 주장한다. 평생 일하던 사람이 집에 홀로 있으면 병든다는 충고와 함께. 나이 든 이들일수록 이런 반응을 보인다.

반면, 어떤 이들은 아들이 오죽 시원찮으면 팔순 노인을 일하게 만드냐는 말 없는 핀잔의 시선을 내게 던진다. 하지만 아버지 자신에게 돈이 전혀 없는 건 아니다. 지금처럼 근검절약하신다면 적어도 돌아가실 때까지 쓸 정도는 있다.

아버지가 일을 하고 싶어 하는 이유는 돈보다도 출근해서 동료들과 시간을 보내는 데 있다. 이번 기회에 퇴직을 하시라고, 손이 떨려 글씨도 쓸 수 없게 된 아버지를 대신해 사표를 써 드렸는데, 집에서 놀면 뭐 하냐며, 회사에 가서 동료 경비들과 이야기하는 게 좋단다. 그래서 사표에 도장도 찍지 않고 날짜도 안 쓴 채 갖고 있겠다고 하신다. 일을 하고 싶은 것이다. 노는 순간, 폐인이 된다고 생각하시는 것이다.

사람들은 노동, 특히 육체노동에 대해 상반된 시각을 동시에 갖고 있다. 힘들게 일하면서 돈은 크게 못 버니 천하다는 시각과, 힘들지만 누군가 해야 하는 일이고 그것이 세상의 기초를 이루므로 신성하다는 시각이다.

나는 노동이 신성하다는 말은 다분히 조작된 관념이라고 생각한다. 사회주의 쪽에서는 노동자를 투쟁의 전위로 세우기 위해, 자본주의 쪽에서는 불만을 제거하고 노동력을 착취하기 위해 그런 관념을 퍼뜨렸다고 본다.

나는 육체노동이든 정신노동이든 노동은 분명 이 세상의 기초를 만드는 가치 있는 일이지만, 그것이 아무리 크더라도 한 인간에게 주어진 생명의 시간만큼의 값어치를 가질 수는 없다고 생각한다.

인간에게 진정 가치가 있는 일은 땀 흘리는 노동이 아니라, 사색하고 창조하고 예술을 즐기고 연애하는 데 있다고 나는 생각한다. 노동은 그것을 가능하게 하는 최소한의 노력에 한해서만 의미를 가진다고 본다. 단지 생계를 유지하기 위해 죽는 날까지 일을 해야 한다면, 인간과 동물의 차별성이 어디 있겠는가?

근대 노동자들 사이에 노동 운동이 탄생하고 마르크스가 공산주의 이론을 만든 것도 '더 많이' 노동하기 위해서가 아니라 '덜 하기' 위해서였다. 마르크스를 비롯한 선대 공산주의자들이 꿈꾼 사회를 단순하게 표현하자면 '모든 인간이 일주일에 3일 정도만 일하고 나머지 시간에는 책을 읽고 연애를 하고 악기를 연주하고 여행을 다니는 세상'이 아니던가?

신성한 것은 '노동'이 아니라 '노는 것'이다. 노동, 그 자체는 우리의 생명을 지켜 주는 신성한 행위임이 분명하지만, 인간의 가장 중요한 가치가 될 수는 없다고 본다.

아버지의 복직에 대한 나의 견해는 명확하다. 더 이상 일하지 말고 놀아야 한다는 것이다. 그런데 아버지의 문제는 그 '노는 것'에 있다. 노동자로서 아버지의 비극은 평생 일밖에 하지 않아서 놀 줄을 모른다는 거다. 처음부터 그랬을 리는 없다. 당신 나이로는 드물게 농업 전문학교까지 나오신 분이다. 가족을 먹여 살리려고, 타고난 성실함으로 일만 하다 보니 '노는' 기능이 거세되었을 뿐이다.

　나의 아버지도 멋져 보인 순간들이 있었다. 내가 고등학교 다닐 때다. 우연히 아버지의 옷장에서 깊이 숨겨진 한 장의 사진을 발견했다. 인천 부두에서 어떤 모녀와 셋이 나란히 찍은 사진이었다. 다정히 어깨를 붙이고 찍은 것이 분명 애인이었다. 어머니가 알면 큰 사달이 날 일이었는데, 나는 '우리 아버지도 연애를 할 줄 아는 멋쟁이었나?' 하며 웃었다. 온통 불륜으로 가득한 세계 문학 전집에 빠져 있던 탓이다. 사진에 관한 사연은 아버지와 나만의 비밀이었는데 이제야 공개한다.

　또 한번은 고향 용인에 살던 큰아버지의 환갑잔치 때였다. 본래 안씨 집안 남자들의 성정이 고요한 편이라, 무대의 사회자가 아무리 나와서 춤추고 노래하라고 흥을 돋워도 도무지 나서는 사람이 없었다. 그때 돌연 우리 아버지가 앞으로 나가더니 신나게 지르박을 추는 게 아닌가? 그러자 어머니도 덩달아 나가서 두 분이 완전 무대를 독점해 버렸다. 사실 나는 그때 처음으로 지르박이 뭔지를 눈으로 보았기 때문에 두 분의 춤이 어떤 수준인지는 알 수 없었지만, 손을 치켜올려 어머니를 빙빙 돌려 주는 아버지가 그리 멋있어 보일 수가 없었다.

　입원이 결정되어 병원에 들어가던 날, 마침 김영삼 전 대통령의 장례식이 병실 텔레비전으로 방송되고 있었다. 흩날리는 눈발을 맞으며 국립묘지로 가는 영구차를 보면서 넌지시 말해 보았다.

"김영삼 씨를 보세요. 저렇게 좋은 것 먹고 귀한 대접 받으며 잘 살아도 아버지보다 몇 년 못 살고 가잖아요. 아버지도 이제 일 그만 두고 손자들이나 보고 온양 온천에도 다니고 하세요."

한때 열렬한 김영삼 지지자이던 아버지는 텔레비전에서 눈을 떼지 못하면서도 선뜻 동의하지는 않는다.

"거 봐라. 큰일 하던 사람이 하는 일 없이 놀면 저렇게 일찍 가는 거다."

자유와 평등의 변증법만 어려운 게 아니다. 일과 놀이의 방정식도 참 난해하다. 평생을 함께 살아온 아버지의 답안과 나의 답안이 이렇게 다르니 말이다.

퇴원하면 곧바로 사직을 하고 두 손자와 함께 중국 여행부터 하시라고 권해야겠다. 천안문도 보고 만리장성도 보고 느끼한 중국 음식 타박도 하면서 즐겁게 놀다 오시라고 권해야겠다. 일인당 30만 원밖에 안 든다는 말 한마디면 마음이 움직이실 것이다.

통장 잔고가
스트레스처럼 쌓이면 좋겠다

○

박주운

콜센터 상담원에게 무엇보다 중요한 것은 스트레스 관리다. 해탈의 경지에 이른 것이라면 모를까 스트레스를 안 받고 살 수는 없겠지만, 업무에서 받은 스트레스를 퇴근해서 집까지 갖고 가거나 며칠이 지나도록 마음에서 털어 내지 못한다면 이 일을 오래 하기 어렵다. 그래서 나는 콜센터 업무에 가장 적합한 성격으로 무던함을 꼽고 싶다.

나는 타고나기를 예민한 성격이라 처음엔 콜센터 업무와 어울리지 않는다고 생각했다. 그런데 신기하게도 회사 밖을 나오면 그날 있었던 일을 까맣게 잊어버렸다. '의외로 잘 맞는데?' 하며 다니다가

3년쯤 되었을 때 문제가 터지기 시작했다. 진상 고객은 지긋지긋하고, 조금도 나아지지 않는 상황에 무기력해졌다. 미래에 대한 불안은 커지고 마음에 여유가 하나도 없었다. 자존감은 갈수록 바닥으로 떨어졌고 항상 우울했다. 고객에게 화를 낼 수도 없었기에 주위 사람들과 마찰이 생겼다.

팀장이나 부팀장이 뭐만 시키려고 하면 "그걸 왜 저한테만 시키세요?", "다른 사람 다 하는 거면 저도 할게요."와 같은 말을 내뱉으며 엇나갔다. 말 잘 듣는 나만 더 부려 먹는 것 같아 괜히 분해서였다. 그나마 잘 지내던 동료들과도 삐거덕거렸다. 만날 헤헤거리고 다니니 우습게 보는 것 같고, 제대로 된 대우를 못 받는다는 생각에 짜증을 부리는 일이 많아졌다. 화가 가장 일어나는 순간은 예상외로 점심시간이었다. 동료의 작은 농담도 그냥 넘어가지 못하고 발끈해서 식사 분위기를 불편하게 만들고, 마음에 상처를 주는 일도 생겼다. 내가 외면해 버린 스트레스가 나도 모르게 마음 한편에 쌓여 나를 망가뜨리고 있었다.

마음 따뜻하고 남을 배려할 줄 알던 내 장점까지 모두 잃어버린 것 같아 남은 정마저 떨어졌다. 이렇게나 망가진 나를 어떻게 구제하면 좋을지 고민했다. 그 당시에도 퇴사 생각이 났지만, 회사를 관두더라도 지금 상태에서 그만두는 것은 아니라고 생각했다. 나부터 먼저 달라져야 퇴사를 한 후에도 제대로 살아갈 수 있을 테니까.

고민 끝에 처음 시작한 게 명상이다. 스트레스 관리에 명상이 좋다는 얘기를 우연히 듣고 명상 앱을 활용해 자기 전과 아침에 일어난 후 10~15분 정도 명상을 했다. 욱해서 동료에게 날카로운 말이 튀어나올 것 같으면 마음속으로 30초를 세며 말을 멈췄다. 불안한 마음이 생길 때는 점심시간에도 명상을 했다. 극적인 변화는 없었지만 효과는 분명 있었다. 동료들의 작은 농담에도 발끈하던 전과 달리, 웃으며 넘길 수 있는 여유가 생겼다. 한없이 우울해지고 비관적인 생각에 빠지는 일도 줄었다.

그다음으로 우울증과 스트레스에 도움이 된다는 마그네슘과 비타민 D를 챙겨 먹었다. 위약 효과인지는 모르겠지만 역시 마음의 동요가 줄어든 듯했다. 차를 마시는 것도 도움이 됐다. 회사에서는 커피를 마시지 않으면 머리가 돌아가지 않고 멍한 기분이라 아침, 점심마다 커피를 마셨다. 이상하게 출근하지 않는 주말이면 매번 머리가 깨질 듯한 두통이 있었는데 알고 보니 카페인 중독 현상이라고 했다. 짜증, 불안, 신경과민과 같은 부작용이 있다고 해서 커피는 하루 한 잔으로 줄였다. 대신 카모마일, 라벤더 차를 마시면서 심신 안정을 도왔다.

무엇보다 마음의 불안과 스트레스를 근본적으로 바라보기 위해 글쓰기를 시작했다. 제대로 배우고 싶은 마음에 숭례문 학당을 다니며 필사 수업을 듣고, 100일 글쓰기 수업을 끝마쳤다. 글을 쓰는 동안 내 마음을 차분히 들여다보고, 막연하게 느낀 불안과 결핍, 아픔을 대면할 수 있었다. 보이지 않는 불안은 나를 삼킬 듯이 크지만, 직접 보려고 노력하면 불안의 크기는 작아진다는 것을 알았다. 짧지 않은 100일간 나를 위해 시간을 들이고 성실히 글쓰기를 마치자 자부심이 한 뼘 자라난 기분이었다. 이때 시작한 글쓰기가 원동력이 되어 지금의 콜센터 이야기가 만들어진 셈이다.

회사 사람들이 진담 반 농담 반으로 하는 말이 있다. 콜센터가 만병의 근원이며, 퇴사는 만병통치약이라는 말. 아마 직장에든 어디에든 속한 사람이라면 공감할 것이다. 현실적인 문제로 당장 퇴사를 할 수 없던 나는 피할 수 없는 스트레스에서 나를 지키는 방법을 찾았다.

게임 또는 운동, 여행 등 자신에게 잘 맞고 유익한 취미 생활을 찾아 보자. 스트레스에 짓눌리지 말고, 그렇다고 스트레스를 모른 척하지도 말자. 적당히 달래고 때론 져 주기도 하며, 그렇게 스트레스와 동고동락하면서 우리는 모두 잘 살아야 하니까.

퇴사 말고
퇴근

○

손혜진

　출근이 꿈이었던 시절이 있었다. 그만두고 싶은 순간이 오면 출근이 꿈이던 때를 생각했다. '정말 그만둘 만큼 힘든가?' 스스로에게 묻기도 했다. 보통 그보다는 조금이라도 덜 힘들었다. 그만둘 만큼 힘들 때에는 동료, 고객과 함께 프로젝트를 진행 중이라는 사실을 떠올리고, 내가 곧 떠날지도 모르는 회사의 신뢰도 하락을 걱정하는 게 출근을 이어 갈 동력이 됐다. 그래도 퇴사가 꿈인 적은 없었다. 퇴사가 꿈이 되기 전에 서둘러 퇴사를 한 것이 비결이라면 비결일까. 그러고 보니 벌써 퇴사만 네 번을 했다. 네 번의 퇴사와 다섯 번의 입사를 하는 사이 많은 사람들이 퇴사를 했는지, 아니면 퇴사를 꿈

꿨는지 퇴사가 트렌드가 됐다. 마치 퇴사를 권하듯 서점에는 퇴사와 관련된 책들이 쏟아져 나오고, 퇴사 학교까지 생겼다. 퇴사는 힙했고, 출근은 어느새 촌스러워졌다.

퇴사 열풍과 궤를 같이한 단어는 워라밸이었다. 좋은 회사의 기준이나 퇴사의 이유로 '워라밸'이 자주 언급됐다. 일(Work)과 삶(Life)의 균형(Balance). 하지만 어떻게 해도 일과 삶은 균형을 맞출 수 없다. 일 또한 삶에 포함되기 때문이다. 그러니 일과 삶을 대립 구도로 두었을 때 일은 삶을 이길 방도가 없다. (물론 일하는 시간과 개인 시간의 밸런스라는 의미로 쓰였을 테지만) 일이 감히 삶에 도전했으므로 회사는 쉽게 '나쁜 것'이 된다.

그런데 진짜 워라밸은 회사 안에서의 내 삶에 있는 게 아닐까. 회사라는 이익 집단 안에서 일하는 동안에도 온전히 '나'일 수 있다면 그것이 진짜 워라밸일 것이다. 그렇게 퇴사를 가르는 나만의 기준이 생겼다. 워라밸 아니고 워러밸. 일(Work)과 배움(Learn)의 균형(Balance). 일과 조직에서 더 이상 배우고 싶은 게 없을 때 나는 더 이상 '나'일 수 없기에 떠나기로 했다.

왕후장상의 퇴사가 따로 있다. 퇴사 관련 책의 저자를 미디어에서 어떻게 소개하는지 보면 알 수 있다. 미디어가 중요하게 다루는 것은 퇴사한 회사의 '급'이다. 옛날의 '서울대 나오면 분식집을 해도 성공한다'는 신화가 요새는 잘 다니던 대기업을 때려치우고 세계 여행을 떠나는 신화로 바뀐 느낌이다. 그들이 버리고 나온 것이 얼마나 크고 대단했는지에 따라 퇴사의 가치가 달라진다.

그런 식의 퇴사 소비는 자리를 지키고 있는 다른 누군가에게는 자칫 폭력이 될 수도 있다. 많이 가진 자는 그 자리를 떠나 잃을 것이 많겠으나 당장에 생계가 곤란해지지는 않는다. 그러나 적게 가진 자는 가진 것이 너무 적어서 그 자리마저 잃으면 삶이 위태해진다. 그래서 쉬이 자리를 박차고 나올 수가 없는 경우가 허다하다. 물론 가진 것과 상관없이 제 자리를 지키고 싶은 사람도 있을 것이다. 하지만 미디어는 대기업을 그만두고 자기 삶을 찾은 사람들의 이야기에만 열을 올린다. 회사 안에서 자기 삶을 찾는 사람은 있을 수 없다는 듯이. 그들의 주장에 따르면 출근은 자유의 반대말이고, 퇴사는 자아 찾기의 입구이다.

회사를 다니며 떠난 여행에서 '나'를 찾을 수 없었다면 그건 기간이 짧아서거나 여행지가 삶의 터전과 너무 가까웠기 때문이라는 가설을 세워 본다. 어느 순간 '퇴사하고 세계 여행', '퇴사 후 외국에서 한 달 살기'가 들불처럼 번졌다.

퇴사하고 여행을 가지 않으면 퇴사가 취소되기라도 하는 듯이 보였다.

퇴사하고 여행을 가는 게 아니라, 여행을 떠나기 위해 퇴사하는 경우도 보았다. 퇴사 후 1년 동안 세계 여행을 떠났던 친구는 아프리카에서 만난 외국인들에게 왜 이곳에서 만나는 한국인들은 하나같이 퇴사를 했냐는 질문을 받았다고 했다. 정답은 휴가가 짧아서. 연차 15일을 한 번에 다 쓰게 하는 회사도 드물고, 편도로 이틀씩 걸리는 여행지에 고작 열흘 남짓한 일정으로 갈 사람도 적으니까. 어떻게 보면 내 삶이 중요해서 퇴사하는 게 아니라 1년에 2~3주의 덩어리 시간을 오롯이 쓸 수 없는 현실을 마주하자 회사를 떠나는 건 아닐까 싶다.

30년을 넘게 살아도 못 찾은 나를 3주 아프리카 여행으로 찾을 수 있을지도 모르는데 휴가 좀 길게 쓸 수 있게 해 줬으면 좋겠다. 기자들이 젊은 대기업 퇴사자 인터뷰에 열을 올리는 대신 충분히 여행할 수 있는 휴가 제도와 문화를 갖춘 회사의 평균 근속 연수를 취재하면 어떨까. 사람들이 퇴사해야만 긴 여행을 떠날 수 있는 사회에서의 회사는 나쁜 곳이 맞다.

누구나 언제든 원할 때 퇴사하고 마음먹으면 곧장 출근할 수 있는 세상이라면, 퇴사가 부러움의 대상이 되거나 트렌드가 되지도 않을 것이다. 퇴사하는 사람은 영웅이고 출근하는 사람은 겁쟁이가 되거나, 반대로 출근하는 사람은 승리자고 퇴사하는 사람은 낙오자 취급을 받을 필요도 없다.

떠날 때만큼 남을 때에도 용기가 필요하다. 내게 출근을 허락한 이 회사는 내가 고른 회사라는 걸 가끔 잊는다. 매일 이 회사에 남는 걸 선택한다는 사실은 더 자주 잊는다. 역시 나는 퇴사보다는 퇴근이 훨씬 좋다.

일요일

땀의 의미

소설가 이전과
이후의 삶

○

김동식

　중학교 중퇴 학력의 주물 공장 노동자 출신 작가로 알려진 내가 대책 없이 중학교를 중퇴하면서 했던 생각은 '난 뭘 해도 먹고살겠지.'였다. 공부나 운동을 잘하는 것도 아니었고, 확고한 꿈이 있었던 것도, 하다못해 집안에 돈이 많은 것도 아니었는데 도대체 뭘 믿고 그렇게 자신했을까? 지금에 와서 생각해 보면 우습게도 오락실 때문이었다. 어릴 때 난 '스트리트 파이터' 같은 대전 격투 게임을 정말 잘했다. 동네에는 적수가 없었고, 시내에 나가도 50연승씩 할 정도로 실력이 대단했다. 아마 그때 다른 사람들을 계속 이기던 경험이 내 자신감을 대책 없이 키워 놓은 듯하다. 난 정말 그렇게 생각했다.

내가 대단한 사람이라고 말이다. 그런데 막상 중학교를 중퇴한 난, 그렇게 대단한 사람이 아니었다.

가난한 집안에선 학업에 뜻이 없다면 일이라도 일찍 시작해야 했다. 그런데 나는 뭘 하고 싶은지 전혀 알 수가 없었다. 고민할 시간도, 주변에 이끌어 줄 어른도 없었기에 나는 단순하게 생각하기로 했다. 일단 고민할 시간에 아무거나 '할 수 있는 일'을 하자. 뭐가 됐든 당장 할 수 있는 일을 하다 보면 먹고살겠지, 그렇게 일을 시작했다.

그 마음가짐으로 처음 시작한 일은 재봉 공장의 일이었다. 원단이 끝없이 밀려오는 컨베이어 벨트 옆에 서서 가위질을 하는 일이었다. 컨베이어 벨트는 느려지는 일도, 멈추는 일도 없었기 때문에 쉴 틈이 없었다. 행여나 기계의 속도를 따라가지 못하고 원단이 밀리면 내 뒤에서 들려올 욕설을 각오해야 했다. 나란히 서서 일해야 하는 그 벨트에서도 일종의 계급이 나뉘어 있었는데, 가장 뒤쪽에 있는 공장장만이 의자에 앉아서 일했다. 그 앞쪽, 나를 포함한 십 대 후반에서 이십 대 초반의 어린 직원들은 종일 두 다리로 버티고 서서 가위질을 해야 했다. 그러나 그들 중 손아귀의 아픔을 느끼는 사람은 나밖에 없는 것 같았다. 하루 만에 다리가 후들거리고 손아귀가 찢어질 듯했다. 나는 도저히 이 일을 계속할 수 없었고, 불과 사흘 만에 그만두었다.

얼마 지나지 않아 다음 직장을 구했는데, 시내의 작은 인쇄소였다. 동네의 신문 배달 할아버지가 나를 보고 효자라면서 구해 준 자리였다. 할아버지의 아들이 운영하는 그 인쇄소는 그리 크진 않았지만, 첫 출근한 나를 누구도 신경 쓰지 못할 정도로 바빴다. 난 거의 그분들이 일하는 모습을 구경하기만 했는데, 정말 대단한 기술자들이었다. 마술사가 카드 마술을 펼칠 때 일정한 간격으로 카드를 늘어뜨리거나 섞는 게 있는데, 여기 직원들은 카드보다 크고 얇은 A4 용지로 구김 하나 없이 그걸 했다. 내게도 시켜서 한번 해 봤지만 내 손놀림으론 어림도 없었다. 난 그분들이 참 대단하다고 생각했고 실제로 그분들에겐 자부심이 있었다. 점심시간에 한 아저씨가 말했던, 우리 인쇄소가 규모는 작아도 부산에서 세 손가락 안에 든다던 그 말이 아직도 기억난다. 하지만 그 대단한 인쇄소에서 내가 할 수 있는 일은 없었다. 그곳에선 나를 배달부로 뽑았지만, 내가 오토바이를 탈 줄 모르는 게 문제였다. 일하려면 무조건 오토바이를 배워야만 한다기에, 그 핑계로 다음 날 출근을 포기했다.

다음으로 나는 건설 현장에서 배선 작업을 하는 노가다 팀의 막내로 들어갔다. 전선 까는 일이라고만 듣고 따라 나간 현장은 부산 전화국 건설 현장이었는데, 그 위용이 대단했다. 영도 산동네를 거의 벗어나질 않던 촌놈에게는 말이다. 오야가 이곳 건설 끝나면 어디 가서 부산 전화국 네가 지었다고 말하고 다니라고 농담했었는데, 그게 자랑이 될 수 있을 만큼 인상적인 건물이었다.

그 큰 건물에서 내가 하는 일은 대부분 잡일이었다. 짐을 옮기는 일, 일일이 바닥을 뜯어서 전선을 확인하는 일, 전선 피복을 벗겨 놓는 일, 물 빗자루질 등등. 누구나 할 수 있는 일이었지만, 나는 또 이게 힘들었다. 짐은 왜 이렇게 무거운지, 이놈의 건물은 왜 이렇게 넓은지, 전선은 왜 이렇게 끝도 없이 길고 복잡한지. 나는 밤늦게 일이 끝나면 늘 시체처럼 집으로 돌아왔고, 내일이 오지 않기를 바라며 잠들었다. 그런 나에게 오야와 삼촌들은 이 기술 잘 배우면 일당이 30만 원이라고, 남들은 돈 내고 배우는 기술이라며 격려했지만 귀에 들어오질 않았다. 결국 보름 조금 넘게 전화국 현장을 마무리한 뒤 다음 현장부터는 따라가질 않았다. 또 포기한 것이다. 배선 일 다음으로 시작한 타일 일도 결과는 비슷했다.

주민 등록증이 나오면서 부산 집을 떠나 대구로 독립했는데, 바닥에 타일 까는 기술을 배우기 위해서였다. 첫 현장의 건물주 아줌마는 공사가 잘되길 바라서인지 이 기술이 이태리에서는 장인 대접을 받는다며 우릴 추켜세웠다. 하지만 장인은 오야였지 내가 아니었다. 나는 오히려 고급 타일이 부담스럽기만 했다. 고급 타일은 크고 무겁고, 또 비쌌다. 그 무거운 걸 들다가 놓쳐서 금이라도 가면 몇만 원에서 몇십만 원이 날아갔다. 몸도 힘들고, 마음도 힘든 일이었던 것이다. 당시 일이 별로 안 들어오는 바람에 흐지부지 그만두게 되었지만, 일이 많았다 한들 내가 할 수 있었을 것 같진 않다.

몇 번의 일을 경험하며 난 내가 대단한 사람이 아님을 온몸으로 깨달았다. '난 뭘 해도 먹고살겠지' 자신하던 마음은, '난 뭘 해도 못 한다'고 자책하는 마음으로 바뀌었다. 할 수 있는 일만 해도 먹고살 수 있을 것이라고 쉽게 생각했는데, 내가 할 수 있는 일이 과연 세상에 존재하는지도 알 수 없었다.

한데 천만다행으로, 내가 할 수 있는 일이 있었다. 피시방 아르바이트였다. 타일 일이 너무 없을 때 방세를 내기 위해 집 근처 피시방에서 일을 시작했는데, 이때 처음으로 할 수 있을 것 같단 생각이 들었다. 피시방 일은 무거운 걸 들지 않아도 되었고, 종일 서 있지 않아도 되었고, 먼지로 콜록거리지 않아도 되었다. 비록 시급이 1,900원밖에 안 했지만, 내가 할 수 있는 일이 존재한다는 게 중요했다. 그래서인지 그 피시방에서는 3년 가까이나 일했다. 3년간 시급이 한 번도 오르질 않았는데도 말이다. 지금 생각하면 3년이라는 시간을 어떻게 보냈나 싶지만 당시에는 그 외의 어떤 길도 보이질 않았다. 한번은 단골손님이 내 시급을 묻고는 사장님을 욕하며 나를 동정한 적이 있었다. 내가 착취당하고 있단 걸 어렴풋이 짐작할 수 있었지만 나는 아무 항의도 하지 않았다. 그땐 그 일이 아니면 내가 할 수 있는 일이 없는 줄 알았다. 시급이 터무니없이 낮으니 당연하게도 그 생활에 미래는 없었다. 한 달에 대충 60만 원을 벌면 20만 원은 방세를 내고, 20만 원은 부산 집에 보내 주고, 나머지 20만 원으로 한 달을 살면 끝이었다.

그때 마침, 서울의 외삼촌이 주물 공장 자리를 소개해 줬다. 나는 고민했다. 내가 그 일을 할 수 있을까? 원단 공장처럼 또 사흘 만에 그만두면 어쩌지? 걱정이 많았지만 나는 서울행을 택했고, 성수동의 작은 주물 공장으로 출근했다. 그런데 주물 공장의 일은 예상보다 '할 수 있는 일' 쪽이었다. 피시방 일보다 힘들긴 했지만, 죽어도 못 버틸 정도는 아니었다. 이때 난 내가 할 수 있는 일과 할 수 없는 일의 선을 알게 되었다. 그 일이 힘드냐 안 힘드냐보다는, 아프냐 안 아프냐였다. 일하면서 어디가 너무 아프거나, 집에 돌아와서도 계속 온몸이 욱신거린다면, 그 일은 내가 할 수 없는 일이었던 것이다.

주물 공장의 일은 앉아서 할 수 있었고, 무거운 걸 드는 일이나 다칠 만한 일도 많지 않았다. 500도의 뜨거운 쇳물을 곁에 두고 일하는 게 위험하긴 했지만 그건 내가 조심할 수 있는 부분이었다. 처음의 두려움과는 달리 나는 이 주물 공장의 일을 충분히 해 나갈 수 있었다. 그러다가 첫 달 월급으로 130만 원을 받는 순간, 나는 이 공장에 뼈를 묻어야겠다고 생각했다. 60만 원을 받다가 130만 원을 받으니 신세계가 펼쳐졌다. 마음 편히 피자나 치킨을 시켜 먹을 수 있었고, 이마트에 갈 수 있었고, 저축도 가능했다. 심지어 피시방 시절과 달리 월급이 매년 오르기까지 했다. 축복이었다. 내가 할 수 있는 일이면서, 내 삶의 질을 올려 주고, 미래를 보장할 수도 있는 일. 그것이 주물 공장의 일이었다. 정말 열심히 다녔다. 10년이 넘도록 한 번도 결근을 한 적이 없고, 지각도 손에 꼽을 정도였다. 감사하고 소중한 일인 만큼 아마도 난 평생 이 일을 할 거라고 생각했다.

그러나 소중하다고 해서 꼭 그 일을 좋아하는 건 아니다. 보람이나 자부심보다는 월급을 동력으로 일했다. 많을 땐 하루에 지퍼나 단추를 몇만 개씩도 만들었지만, 전혀 성취감이 없었다. 기계적으로 만들 뿐, 어디서 어떻게 쓰이는지 전혀 관심이 없었다. 굳이 내가 만들지 않아도 상관없는 물건, 내가 없더라도 돌아가는 공장, 내가 아니더라도 할 수 있는 일. 딱 그랬다. 주물 공장의 일은 내 삶에 안정감을 주었지만, 그 일 속에 나는 없었다. 그래서인지 근속 연수가 늘어날수록 일이 너무 지겨워졌다. 환경의 영향이 컸을 것이다. 주물 공장의 일은 출근해서 기계 앞에 앉으면, 점심시간을 제외하곤 일어날 일이 없다. 쇳물의 위험성 때문에 직원들은 모두 멀리 떨어져 일하느라 대화가 힘들고, 쇳물이 튈까 봐 자리는 벽으로 가로막혀 있다. 출근해서 벽만 보고 기계처럼 단순 반복 작업을 하다가 퇴근하는 것이 10년간 내가 한 일의 전부다. 이 한 문장으로 10년을 설명해도 전혀 무리가 없을 정도다. 공장에서 이십 대를 다 보내고 서른을 맞이한 게 8년 차쯤이었는데 그때 번아웃이 왔다. 출근하면 가장 많이 하는 행동이 언제 퇴근 시간이 오는지 벽시계를 돌아보는 것이었다. 그런 모습을 들켜서 한 소리 듣고도 나아지지 않을 정도로 난 지쳐 있었다. 단 1년만이라도 쉬고 싶다는 생각이 간절했다. 어쩌면 예전에 내가 일을 포기할 때의 마음과 비슷했던 것 같다. 그래도 일을 그만둘 순 없었다. 대단치 않은 내가 할 수 있는, 몇 안 되는 소중한 일이니까. 매일 똑같은 단순 반복 작업이 아무리 지겨워도, 어차피 내가 살면서 본 노동자 중에 일을 즐기는 사람은 없었다. 대부분은 나처럼 할 수 있는 일이어서 하는 듯했고, 거기에 자부심이나 보람, 적절한 보상 같은 동력을 더해서 견디고 있었다. 그렇다면 나 역시 생활의 보장을 동력으로 견딜 뿐이었다.

일은 원래 견디는 것이다. 내가 그렇게 결론지은 까닭은, 평생 한 번도 일을 좋아해 본 적이 없었기 때문이다. 내게 있어 일은 할 수 있는 일과 할 수 없는 일로 나누어질 뿐, 좋아하고 말고가 존재하지 않는 개념이었다. 그런데 서른두 살에 기적처럼 좋아하는 일이 찾아왔다.

2016년 5월 16일. 나는 태어나 처음으로 소설을 썼다. 당시 자주 가던 인터넷 게시판에 누구나 창작 글을 올리는 걸 보고 별다른 생각 없이 심심풀이로 써 본 것이었다. 작가가 되고 싶다거나 글로 무언가를 이루고 싶은 마음은 없었지만, 10년간 벽을 보며 떠올린 망상들은 있었다. 초능력이 생긴다면? 로또에 당첨된다면? 돈과 양심 중 선택해야 한다면? 이런 스토리로 영화를 만든다면? 등등. 나는 평소 일하면서 떠올린 잡생각을 소재로 이야기를 만들어 인터넷에 올리기 시작했다. 놀랍게도 사람들의 엄청난 반응이 돌아왔다. 재미있다는 댓글은 기본이고, 기발하다, 천재다, 영화 같다, 감사하다, 지하실에 가둬 놓고 글만 쓰게 하고 싶다, 보다가 지하철역 놓쳤다 등등. 기분 좋아지는 댓글들이 쏟아졌다. 댓글 하나하나가 나에겐 엄청난 희열이었다. 살면서 이렇게 기분 좋은 적이 없었고, 그것은 내 생활까지 바꿔 놓았다. 공장에 출근하면 노상 벽시계만 쳐다보던 내가, 글쓰기를 시작한 후로는 머릿속으로 이야기를 상상하느라 시간이 가는 줄도 모르게 되었다. 그렇게 구상한 이야기를 퇴근하자마자 쓰기 시작하여 잠들기 직전에 업로드했는데, 그러고 나면 다음 날을 기대하며 잠들 수 있었다. 아침에 알람이 울리면 또 출근해야 한다는 사실에 절망적이었는데, 밤새 달렸을 댓글 생각에 벌떡 일어났다. 기분 좋게 출근을 했고, 일하다가 지친다 싶을 때 휴대폰으로 댓글을 확인하면 곧바로 웃음이 나왔다. 일이 많이 힘든 날에는 더 열심히 글을 썼다. 그 시절 내 하루는 일하고, 글 쓰고, 자고, 정확히 삼분이 가능했다. 쉴 틈이 전혀 없어도 기꺼이 매일을 즐겼다. 어쩌면 그때부터 이미 내 인생의 중심은 주물 공장 일에서 글쓰기로 이동했던 것 같다. 일주일 내내, 주말까지 통째로 글쓰기에 투자했었으니까 말이다.

그렇게 열심히 글을 쓴다고 해서 돈이 나오는 것도, 무언가가 되는 것도 아닌데 자발적으로 그랬던 이유는, 그 자체가 놀이처럼 너무 즐거웠기 때문이다. 살면서 처음으로 찾은 좋아하는 일이었다. 단순히 좋아하기만 하던 그 일은 『회색 인간』이란 종이책을 내면서 돈을 받는 일이 되었다. 지금도 글쓰기는 일이라는 생각이 안 들 정도로 지치지도 않고 항상 즐겁다. 평생 느껴 보지 못했던 보람과 자부심도 있고, 이 일은 다른 사람으로 대체될 수 없는 내 것이란 감각이 만족스럽다.

그렇게 내가 평생 할 거라고 예상했던 주물 공장의 노동은 10년 6개월 만에 끝나게 되었다. 그리고 그 자리를 이젠 작가라는 직업이 차지하고 있다. 공장 일을 그만둘 때는 사실 불안했다. 공장장님의 1년만 쉬다가 다시 돌아오라는 그 말이 정말 고맙게 들렸으니까 말이다. 다행히 책이 잘되는 바람에 글쓰기만으로도 생활할 수 있게 되었다. 하지만 만약, 책이 잘되지 않았더라도 내가 과연 다시 주물 공장에 돌아갔을지는 모르겠다.

주물 공장에서 10년 동안 일하면서 나라는 사람의 존재는 희미했다. 그려 보면, 매일 같은 행동을 반복하는 반투명한 지박령 같았다. 나는 내가 어떤 사람인 줄도 몰랐고 그걸 알아볼 생각도 하지 못했다. '내가 나'라는 존재감은 좋아하는 일을 하면서부터 선명해졌다. 나의 일부를 떼어서 글을 내놓으면, 그것들이 다시 돌아와 나를 더 분명하게 만들어 갔다. 나는 좋아하는 일을 하면서 나를 찾았고, 나로 살아가고 있다. 이전보다 수입이 안정적이지 않아도, 언젠가는 즐거움이 아닌 고통으로 느껴지는 날이 올지 몰라도, 나는 지금처럼 내가 좋아하는 일을 계속하고 싶다.

나는 신들의
요양보호사입니다

○

이은주

요양보호사의 아침은 창문을 열고 환기를 시키면서 어르신들의 밤사이 안부를 묻는 것으로부터 시작한다.

하루 종일 누워서 생활할 수밖에 없는 장기 보험 1급 환자와 자신의 이름조차 기억에 없는 치매 어르신을 나는 '뮤즈'와 '제우스'라 부른다. 한평생을 치열하게 살다가 하늘나라로 가기 전 단계인 요양원을 신화적 세계로 끌어오고 싶었다. 인간의 힘으로는 어쩔 수 없는 것들에 대한 판타지. 아픈 몸으로 살 때 구차하고 누추한 감정이 아니라 좀 더 아름다운 세계에 살고 있으면 좋겠고, 그곳에서 일하는 나 또한 그런 신화적인 세계에서 삶과 죽음을 돌보고 있다는 자각을 하면 좋겠다는 생각에서다. 그냥 무명의 어르신이 아니라 나의 뮤즈가 되고 나의 제우스가 될 때 어르신을 돌보는 손길이 조금 더 다정하고 예의 바르게 행해지지 않을까 하는 마음에서다. 그리고 나는 같은 이유로 이곳 요양원을 '하늘 정원'이라고 부르고 있다.

하늘 정원에서 뮤즈와 제우스는 몸이 점점 가벼워진다. 마치 어린 왕자가 자신의 별로 돌아가기 위해서 자신의 몸에 이별을 고했듯이.

나도 언젠가는 이들 뮤즈와 제우스의 자리에 있을 것이다. 누군가 와서 갈아 주기 전까지는 축축한 기저귀에 몸을 맡겨야 할 것이다. 누군가 내 입안에 숟가락으로 죽을 넣어 주기 전까지는 배가 고픈 것도 견뎌야 할 것이다. 누가 내 손과 발을 어루만져 주기까지는 담요 밖으로 갑갑한 발을 빼내지도 못할 것이다. 비 오는 날엔 요양원에서 진행하는 프로그램에 동원되어 실내복을 입은 상태로 휠체어에 실린 채 낯선 사람들과 어울려 시끄러운 노래를 들어야 할지도 모른다. 또 열정에 가득 찬 봉사자에 의해 억지로 간식을 먹어야 할지도 모른다.

운이 좋으면 침대 곁에서 내 손을 잡고 한동안 체온을 나누어 줄 봉사자를 만날 수도 있을 것이다. 모르겠다. 낯선 사람의 체온이 반가울지 어떨지. 지금 생각엔 아무 말 없이 그저 손을 잡고 따스한 체온을 나누어 주는 사람이 고마울 것 같다.

몸에 좋다고 억지로 먹이는 일만은 없었으면 좋겠다. 젊어서도 몸에 좋은 음식을 찾아 먹지 않던 내가 하늘나라에 가기 직전에, 그것도 억지로 먹게 된다면 고통스러울 테니까.

나의 뮤즈와 제우스는 아침 7시에 식사를 한다. 식사를 마치면 대부분의 시간을 거실에서 보낸다.

뮤즈98은 혼자 방에 있을 때가 많다. 성경을 한 줄씩 손으로 짚어 가면서 소리 내어 읽는다. 아버지가 아프셔서 간병을 하다 혼기를 놓친 뮤즈98, 그녀에게 간식을 들고 가는 시간이 기다려진다. 뮤즈98은 아직 이가 튼튼해서 모든 음식을 맛있게 먹는다. 나는 그녀처럼 늙고 싶다. 그녀처럼 소변을 가리고 그녀처럼 책을 읽고 그녀처럼 밥을 먹고 싶다.

뮤즈98의 룸메이트는 지금은 하늘나라에 간 쥘리에트 비노슈 뮤즈. 그녀가 소파에서 낮잠을 자면 나는 무릎 담요를 덮어 드린다. 그녀의 잠든 모습을 사진에 담았다가 모두 잠든 밤에 스케치를 하기도 했다. 굽실굽실한 반백의 머리카락, 넓은 이마, 창백한 뺨, 얇은 입술, 단정한 턱. 그녀의 일생이 어땠는지 나는 모른다. 단지 밤이면 배회하는 치매를 앓고, 냉장고에서 음식을 꺼내 먹는 식탐이 많은 현재의 뮤즈만 알 뿐.

그녀가 하늘나라로 먼 여행을 떠났다는 걸 처음 발견한 사람이 나여서 다행이었다. 숨을 거두기 전날 그녀는 내게 말했다. "고마워." 라고. 무엇이 어떻게 고마운지 묻지도, 답해 줄 수도 없는 그녀. 그녀의 마지막을 지켜보면서, 그녀의 눈을 감겨 주면서 "아무 걱정 마세요. 자식 걱정도 말고, 돈 걱정도 말고, 어떻게 살아야 할지도 걱정하지 마세요. 편히 쉬세요."라고 속삭였다.

한번은 사고무친인 뮤즈의 짐을 정리한 적도 있었다. 박스에 그녀의 옷가지며 소지품을 정리하고 목록을 작성하면서 나는 그녀의 사진 석 장을 챙겼다. 그녀의 사진이 아무렇게나 버려지는 것이 마음에 걸려 집으로 가져와 헌 프라이팬 위에서 태워 재로 만들었다.

3교대 근무는 그렇게 간단하지만은 않다. 낮과 밤이 바뀌고 불규칙한 수면으로 장애가 오기 마련이다. 야근을 마치고 아침 해가 뜨는 시각에 현관문을 열고 집에 들어서면 피로가 몰려오긴 해도 잠이 쉽게 들지 않는다. 베란다에 서서 세탁기 돌아가는 소리를 들으며 멍하니 서 있다 보면 오전 10시가 지나 있다. 쉬는 날인 이틀 중 하루가 잠으로 사라지는구나, 잠결에 뒤척이며 이런 생각을 할 때가 가장 가난한 느낌이 든다.

아무것도 없으면서 다 가진 것처럼 행동했던 자신을 더 이상 못 본 척할 수가 없다. 언제부터 허세로 무장한 어른이 되었는가? 나는 괜찮다고, 아직은 견딜 만하다고 말해 왔지만, 그대로 주저앉고 싶을 땐 두 손으로 얼굴을 감싼다. 푸른 심줄이 나무뿌리처럼 솟은 손등은 눈물을 외면한다. 눈물을 내버려 둔다.

매일 죽음과 대면한다는 것은 생각보다 마음을 지치게 한다. 나이

든 여자에게는 3교대 근무 노동의 강도가 과하다.

이 모든 것을 대수롭지 않게 외면하고 살다가 갑자기 피로가 몰려들면 지구 밖으로 내동댕이쳐진 기분이 든다. 홀로 우주를 떠돌다 소혹성의 파편에 부딪쳐서 데굴데굴 굴러다니는 나를 어떻게 하면 다시 지구 안으로 데리고 올 수 있을까.

요양원에서의 아침이 또 시작되고 있다. 코에 연결된 튜브로 경관식을 먹는 제우스와 눈이 마주친다.

제우스의 눈동자가 반가운 듯 움직인다. 마른 입술을 달싹인다. 밤사이 숨이 죽은 베개를 턴 후 목 아래로 손을 넣어서 자세를 고쳐 드린다. 입술에는 바셀린을 발라 드리고 여윈 뺨을 손바닥으로 가볍게 쓸어 드린다. 제우스와 나의 아침 인사다.

이상한 일이다. 일을 끝마치고 집으로 돌아가면 아무것도 없으면서 다 가진 것처럼 행동했던 자신의 실체에 괴롭던 내가 요양원에서의 아침 창가에 서면 상처 위로 새살이 돋아난 듯 씩씩하게 침대에서 침대를 누비고 다닌다. 어디에서 이런 힘이 솟아나는지 나는 모른다.

이곳에서는 하늘나라로 순간 이동할 날을 앞둔 뮤즈와 제우스가 날마다 깃털처럼 가벼워지고 있다.

제우스의 발목은 나의 손목과도 같고, 제우스의 허벅지는 나의 종아리보다 야위었다. 그런 제우스의 기저귀를 갈고 나면 이마를 타고 떨어지는 땀방울로 눈이 따가워지는 나. 그런 나를 위로하듯 제우스가 "파이팅!" 하고 격려를 하는 순간이 있다. 그때 제우스와 나의 눈이 마주치며 생기는 강한 연대감. 미래를 기약하지는 못하나 바로 지금, 안간힘을 쓰며 살아 내는 그와 나의 연대감이 있다. 잃을 것이 없는 것처럼 얻을 것도 없는 수평적인 관계만 있는 것이다.

피해 갈 수도 없고 무시할 수도 없는 시간 속에서 그렇게 제우스와 뮤즈와의 하루가 시작되고 있다.

먼 훗날 나 또한 한 사람의 뮤즈가 되어 하늘나라로 가기 전까지 누군가의 도움 없인 살 수 없을 때가 온다고 해도 의미 따위 찾지 말자.

더 이상 아무것도 없으면서 다 가진 것처럼 행동했던 자신을 미워하지도 말자. 나에겐 뮤즈와 제우스를 위한 요양보호사로서의 수많은 아침이 남아 있으니까.

꽃 시절은 짧고
삶은 예상보다 오래다

○

은유

소설가 김연수가 "서른 살 너머까지 살아 있을 줄 알았더라면 스무 살 그즈음에 삶을 대하는 태도는 뭔가 달랐을 것이다."라고 썼는데, 내가 생각해도 청춘은 맹목과 무지의 시절 같다. 마치 벚꽃길 아래를 지나는 것처럼 눈앞이 흐릿한 시기. 삶에 초점이 맞춰질 수 없는 환경이다. 그런데 일과 사랑, 인생의 중요한 결정은 죄다 이삼십대에 내려지니 이것이 삶의 얄궂음이겠지.

나는 증권 회사에서 스무 살을 시작했다. 돈의 천국. 월급과 보너스가 얼마나 많던지. 온갖 명목으로 계속 돈이 나왔다. 우리나라에서 내로라하는 인재들이 들어왔고 증권 회사 직원은 일등 신랑감이

나 신붓감으로 인기가 높았다. 곳간에서 인심 난다고 동료 중에 쩨 쩨한 사람이 아무도 없었다. 야근할 때도 비싼 밥만 먹고 회식도 호 텔 나이트에서만 했으며, 어느 직원이 주식으로 돈 벌었다고 하면 또 크게 한턱냈다. 증권 회사 직원들은 돈을 운용하는 업무를 하다 보니 스트레스 강도가 워낙 높았고 그에 상응하는 정신적 위로가 필요했다. 몇 년 후 주가 그래프는 수직으로 곤두박질쳤고 봄빛이 깎이듯 월급도 깎였다. 하나둘 퇴사했고 나도 그곳을 벗어났다.

다시 사보 기자가 되어 10년 만에 증권 회사를 출입했을 때, 만감 이 교차했다. 분위기는 예전과 비슷했다. 금융맨 특유의 세련된 차 림새와 화통한 씀씀이는 여전했지만 고객의 요구와 실적 경쟁 때문 인지 안색은 편치 않았다. 임원부터 신입 사원까지 취재차 만난 나 에게도 금융 상품 신청서를 내밀기 일쑤였다. 전산 시스템이 발달하 여 온갖 통계와 수치로 직원을 닦달하니 전체적으로 좀 더 살벌해 진 듯하였다.

어떤 사람이 잘 산다고 말할 때 그 기준은 보통 돈이다. 직업을 정 할 때도 연봉의 유혹은 크다. 월급 많이 주는 곳이 가장 좋은 회사 다. 그런데 그런 직장이 나의 좋은 삶을 지속적으로 보장하지는 않 는다. 원래 돈은 속삭인다. 나를 줄 테니 너의 모든 것을 달라고. 그 래서 특히 젊은 나이에 첫 직장에서 고액 연봉을 받는 것은 위험하 다. 마라톤에서 페이스 조절에 실패하는 것과 마찬가지다.

돈의 쓰임이 곧 삶의 자세이다. 젊을 때부터 나를 던져 돈과 삶을 '거래'하기 시작하면 인생이 돈의 흐름에 따라 허겁지겁 쫓아가게 된다. 내 정신으로 살아가기가 점점 힘들다. 주변을 보아도 그렇다. 가령 고액 연봉을 받는 학원 강사가 처음부터 그 일을 오래 하려고 마음먹지는 않는다. 메뚜기도 한철이니 벌 수 있을 때 한몫 챙기자며 밤낮으로 몸을 불사르는데, 큰돈을 쉽게 만지기 시작하면 나중에 보수가 적은 일은 시시하게 느껴진다. 그렇게 돈이 기준이 되면, 삶의 만족을 돈 아니면 채우기 힘들고 적은 돈으로 행복을 창안하는 일에 무능해진다. 또 그런 일터에는 비슷한 가치와 기운을 가진 사람들이 모인다. 이 또한 중요하다. 인생의 벚꽃 시절을 누구와 보내는가 하는 문제 말이다. 행복은 결코 혼자 달성할 수 없다. 그래서 에피쿠로스도 "너는 무엇을 먹고 마실까보다 누구와 먹고 마실까에 대해 생각해야 한다."라고 하지 않았는가.

　한 번뿐인 인생. 잘 벌어 잘 먹고 잘 쓰다가 가는 것도 나쁘지 않다. 자기의 세계관에 맞게 추구하면 될 일이다. 한데 마르지 않는 샘물 같은 돈의 세례 속에서 평생 살 수 있는 인생이 많지도 않거니와 돈은 속성상 충족을 모른다. 바닷물처럼 마실수록 갈증만 일으킨다.

　돈의 만족보다 삶의 만족을 이루기가 더 쉽다. 이른 나이부터 안빈낙도하기는 어렵겠지만, 일찌감치 돈에 정신을 묶어 두는 것도 서글프다. 마흔일곱에 겨우 벼슬에 오른 두보는 어지러운 정국과 부패

한 관료 사회에 실망하여 시를 짓고 술을 마셔 가며 시름을 달랬다고 전해진다. 젊은 날 자유하고 성찰하며 살았던 사람은 자기 삶을 짓누르는 나쁜 공기를 금세 알아챈다. 이것은 위대한 능력이다. 두보를 보아도 그렇다. 부귀영화에 이 한 몸 던져 행복하려는 사람이 있고, 헛된 영화에 이 한 몸 얽맬 필요가 있으랴 노래하는 이가 있다. 둘 다 자기 선택이겠으나 젊은 날의 경험과 감각이 판단의 중요한 근거가 됨은 분명해 보인다.

인생의 꽃 시절은 짧고, 삶은 예상했던 것보다 오래 지속된다.

출 처

월요일 _ 땀의 시작

김이나 「나는 어떻게 작사가가 되었나」,『김이나의 작사법』, 문학동네, 2015

장수연 「우리는 모두 신인이었으니까」,『내가 사랑하는 지겨움』, 라이킷, 2020

남궁인 「라포를 형성한다는 것」,『지독한 하루』, 문학동네, 2017

화요일 _ 땀의 이유

김수련 「죽비 같은 인연」,『작은책』, 작은책, 2018년 10월 호

장선숙 「숟가락이 너무 무거워요」,『왜 하필 교도관이야?』, 예미, 2019

김상현 「과호흡 - 숨을 쉬다」,『대한민국 소방관으로 산다는 것』, 다독임북스, 2018

윤성근 「재미있게 자립하는 방법」,『동네 헌책방에서 이반 일리치를 읽다』, 산지니, 2018

수요일 _ 땀의 슬픔

봉달호　「웰컴 투 헬 편의점」,『매일 갑니다, 편의점』, 시공사, 2018

이라윤　「건방진 신규 간호사」,『무너지지 말고, 무뎌지지도 말고』, 문학동네, 2020

최가진　「교사 상처」,『우리가 몰랐던 여자 사람 교사 이야기』, 브런치북, 2019

박찬일　「노동하는 밥, 시장의 밥」,『미식가의 허기』, 경향신문, 2016

목요일 _ 땀의 소외

최은정　「나의 알바기」,『이십 대 전반전』, 골든에이지, 2010

김영호　「남성 고수익 아르바이트 구합니다」, 2019년 11월 작은책 글쓰기 모임

강자경　「손님과 손놈 그리고 사기꾼」,『작은책』, 작은책, 2015년 3월 호

김소연　「처음으로 바위에 계란을 던져 본 날」,『작은책』, 작은책, 2016년 1월 호

금요일 _ 땀의 위기

심정현　「크리에이터라는 고독한 직업」,『유튜브를 잠시 그만두었습니다』, 위즈덤하우스, 2019

박정훈　「알바도 산재를 받을 수 있다고?」,『작은책』, 작은책, 2018년 2월 호

소록　「법의 눈으로 보셔야 해요」,『해고되던 날 나는 바다에 누워 있었다』,

연록, 2019

토요일 _ 땀의 방향

안재성　「아버지의 산업 재해」,『작은책』, 작은책, 2016년 1월 호

박주운　「통장 잔고가 스트레스처럼 쌓이면 좋겠다」,『콜센터 상담원, 주운 씨』, 애플북스, 2020

손혜진　「퇴사 말고 퇴근」,『어른의 일』, 가나출판사, 2020

일요일 _ 땀의 의미

김동식　「소설가 이전과 이후의 삶」,『문학 3』, 창비, 2019년 2호

이은주　「프롤로그」,『나는 신들의 요양보호사입니다』, 헤르츠나인, 2019

은유　「꽃 시절은 짧고 삶은 예상보다 오래다」,『싸울 때마다 투명해진다』, 서해문집, 2016

땀 흘리는 글

내일도 일터로 나아갈 당신을 위하여

초판 1쇄 발행 • 2020년 5월 1일
초판 6쇄 발행 • 2024년 3월 28일

엮은이 • 송승훈 양수정 유이분 하명희
펴낸이 • 김종곤
편집 • 황수정 이진
조판 • 이주니
펴낸곳 • (주)창비교육
등록 • 2014년 6월 20일 제2014-000183호
주소 • 04004 서울특별시 마포구 월드컵로12길 7
전화 • 1833-7247
팩스 • 영업 070-4838-4938 | 편집 02-6949-0953
홈페이지 • www.changbiedu.com
전자우편 • contents@changbi.com

ⓒ 창비교육 2020
ISBN 979-11-6570-008-9 03810